로크미디어가
유혹하는
재미있는 세상

ROK
MEDIA
로크미디어

테이밍마스터 47

2021년 9월 14일 초판 1쇄 인쇄
2021년 9월 17일 초판 1쇄 발행

지은이 박태석
발행인 김정수 강준규

기획 이기헌 왕소현 박경무 강민구
책임편집 천기덕
마케팅지원 배진경 임혜솔 송지유 이영선

발행처 (주)로크미디어
출판등록 2003년 3월 24일
주소 서울시 마포구 성암로 330 DMC첨단산업센터 318호
Tel (02)3273-5135 **편집** 070-7863-0307 **Fax** (02)3273-5134
홈페이지 rokmedia.com **E-mail** rokmedia@empas.com

값 8,000원

ISBN 979-11-354-6826-1 (47권)
ISBN 979-11-5960-986-2 04810 (세트)

CONTENTS

괴물 늑대의 동굴

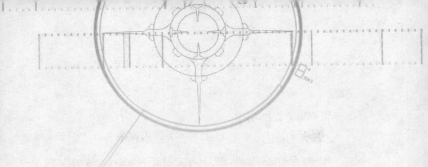

이안이 도착한 곳은 페레즈 쉘터였다.

노비스 쉘터에 있는 포털을 통해서 유일하게 이동 가능한 인간 진영의 두 번째 거점.

페레즈 쉘터보다 더 상위 지역으로의 이동은 레벨 제한이나 퀘스트 제한 등을 통해 막혀 있었지만 이곳까지는 특별한 제한이 없었다.

그래서 이안보다 더 빨리 여길 밟은 유저도 꽤 많았다.

공식 커뮤니티에 이미 페레즈 쉘터와 관련된 정보들도 은근히 올라와 있을 정도였던 것이다.

-여기 삭풍의 고원 왜 이렇게 빡셈? 괜히 갔다가 끔살 당했네.

제길.

　–몇 레벨로 갔는데요?

　–31레벨 전사요.

　–ㅋㅋㅋ 무리하지 말라니까. 거기 30레벨 수준에서 갈 곳이 못 됨.

　–슈로글이라고 유사 피닉스들 겁나 출몰하는데, 한 대 맞으면 그냥 빈사 상태가 되더라고.

　하지만 아직까지 이곳에서 제대로 콘텐츠를 진행한 유저는 찾기 힘들었는데 그 이유는 간단했다.

　페레즈 쉘터 주변의 필드들은 최소 40레벨 이상 몬스터들의 서식지였으니까.

　커뮤니티에서 나름 네임드로 통하던 상위권 유저 몇몇도 삭풍의 고원에 파티 사냥을 나섰다가 30분 정도 사냥한 뒤에 미련 없이 노비스 쉘터로 돌아왔을 정도.

　사냥이 불가능하다기보다는 거인의 숲이나 붉은 바위 봉우리보다 사냥 효율이 훨씬 나빴던 것이다.

　–일단 여기는 최소 40레벨 찍고 오는 게 좋겠습니다.

　–ㅋㅋㅋ 엄청 자신만만하게 가시더니ㅋㅋㅋ

　–이게 몬스터 개별 전투력보다 군집량이 너무 많은 게 문젭니다.

　–그럼 마법사 클래스 파티가 유리하겠네요?

-그렇지도 않아요. 몬스터 종이 대부분 조류이다 보니 기동성이 너무 좋아서……. 범위 마법으로 순식간에 삭제할 수 있는 게 아니면 마법사도 위험할 겁니다.

-캐스팅하는 사이에 공격당한다는 거죠?

-일단 아무 마법이나 한 번이라도 맞추는 순간 어그로가 끌리잖아요?

-그렇죠.

-그 순간부터 지옥 시작입니다. 순식간에 몬스터들이 몰려드니까요.

-그럼 여기서 사냥이 가능하려면…….

-마법사가 사냥하려면 어그로 끌릴 여지가 없도록 한 텀에 다 녹일 정도의 화력이 나와야죠.

-한 35레벨 마법사 셋 정도 있으면 할 만할지도 모르겠군요?

-글쎄요. 만약 체인 라이트닝 세 방으로 한 큐에 잡을 수 있다면 어마어마하게 레벨 업 속도가 빨라질지도 모르겠네요.

하지만 이러한 커뮤니티 유저들의 이야기는 이안과는 좀 괴리가 있는 이야기였다.

아직 30레벨도 되지 않은 이안은 마치 동네 마실이라도 나온 듯 여유로운 표정으로 삭풍의 고원을 누비고 있었으니까.

"고원 북쪽에 바위산이 있을 거라고 했는데……."

몬스터들을 피해 다니는 것도 아니었다.

이안은 지금 산보라도 하듯 이동하면서 고원의 조류형 몬스터들이 보이는 족족 학살하고 있었다.

-'슈로글'을 성공적으로 처치했습니다!
-'카이글'을 성공적으로 처치했습니다!

그렇다면 많은 상위권 유저들을 좌절시킨 이 난이도 높은 사냥터에서 이안이 이렇게 손쉽게 사냥이 가능한 이유는 뭐였을까?

"쉽네, 쉬워. 이럴 줄 알았으면 좀 더 빨리 여기서 사냥했어도 됐을 뻔했는데……."

그것은 비단 컨트롤 실력이나 스펙 때문만이 아니었다.

지금 삭풍의 고원에서 아주 톡톡히 효자 노릇을 하고 있는 것은 다름 아닌 이안이 유일하게 신수로 등록한 베티였다.

피핑-!

-약점을 정확히 공격하였습니다!
-피해량이 일시적으로 증폭됩니다.
-'슈로글'에게 치명적인 피해를 입혔습니다!

정확히는 베티가 신수로 등록되면서 얻은 고유 능력인 '피의 군림'이라고 할 수 있었다.

스하아아아―!

―신수 '베티'가 고유 능력 '피의 군림'을 발동합니다.

커뮤니티의 많은 유저들이 언급했듯, 삭풍의 고원은 몬스터 숫자가 어마어마하게 많은 군집 사냥터다.

그리고 베티가 가진 '피의 군림'은 그 많은 숫자의 몬스터들이 좁은 공간에 모여 있는 것을 최대한으로 이용할 수 있는 스킬이었다.

―'슈로글'을 성공적으로 처치하였습니다!
―공포의 회오리가 몰아칩니다.
―'슈로글'이 '공포' 상태에 빠졌습니다.
―일시적으로 공격 속도가 대폭 감소합니다.

발동 범위는 좁지만 강력한 공격 계수를 가지고 있으면서.

처치 시 조건부 효과로 인근의 모든 적들을 공포 상태에 빠지게 만드는 '피의 군림' 고유 능력의 옵션.

이 옵션은 고원의 좁은 바위 계곡 사이에 모여 있는 십수 마리의 몬스터들을 일시에 공포에 빠뜨릴 수 있었으며…….

―'아루아크'가 '공포' 상태에 빠졌습니다.

-'카이글'이 '공포' 상태에 빠졌습니다.

 공포에 빠진 적의 숫자가 많으면 많을수록, 베티는 더욱 미친 듯이 날뛸 수 있는 구조였다.
"깔끔했어, 베티!"
뀨루룩- 뀨룩-!
'피의 군림' 고유 능력에는 바로 이 꿀 같은 부가 효과가 달려 있었으니 말이다.

 -공포에 빠진 대상 하나당 재사용 대기 시간이 1초씩 감소합니다.

 이 강력한 부가 효과를 제외한다면 120초마다 한 번밖에 발동할 수 없는 단일 공격 겸 광역 공포 기술이었다.
 그런데 공포가 다수에게 걸릴수록 재사용 대기 시간이 줄어들다 보니 몬스터가 군집되어 있는 환경을 이용하여 훨씬 짧은 텀으로 쓸 수 있게 된 것이다.

 -'베티'의 고유 능력 '피의 군림'의 재사용 대기 시간이 1초 감소합니다.
 -'베티'의 고유 능력 '피의 군림'의 재사용 대기 시간이 1초 감소합니다.

……후략……

물론 '피의 군림'을 발동시키려면 실수 없이 막타를 쳐야만 한다는 전제 조건은 있었지만, 그 정도는 이안에게 어렵지 않은 일이었다.

'피의 군림 딜이 약한 편도 아니고, 뭐…….'

기본 재사용 대기 시간이 제법 긴 기술이니만큼, 이안이 대충 양념만 해 두면 확정적으로 몬스터 하나씩은 처치가 가능했으니 말이다.

심지어 이안은 발동 범위가 좁은 이 피의 군림 스킬을 한 번에 두세 마리까지 맞추기도 했다.

촤아악-!

그리고 이렇게 한 번에 세 마리를 처치하면, 처치 조건부 효과는 당연히 3중첩으로 발동된다.

-'베티'의 고유 능력 '피의 군림'의 재사용 대기 시간이 1초 감소합니다.

-재사용 대기 시간이…….

……중략……

-'베티'의 고유 능력 '피의 군림'이 활성화되었습니다.

그래서 실질적으로 이안이 피의 군림을 발동시킬 수 있는 텀은 평균 2~30초에 한 번 정도.

　그것이 이 수많은 몬스터들 사이에서도 충분히 버텨 내며 여유롭게 사냥을 할 수 있었던 이안의 비결인 것이다.

　띠링-!

　-레벨이 올랐습니다.

　-29레벨이 되었습니다.

　하여 이안은 이곳에 도착하자마자 순식간에 2레벨가량을 올렸지만, 그래도 사람의 욕심은 끝이 없었다.

　'내가 광역 공격기가 있었으면 진짜 꿀이었을 텐데.'

　제대로 된 광역 스킬을 보유했더라면 지금보다 두 배는 사냥 속도가 빨랐을 테니까.

　'쩍이라도 있었다면, 전류 증식으로 다 쓸어 담았겠지.'

　그리고 생각이 여기까지 흘러가고 나니 자연스럽게 떠오르는 사람도 한 명 있었다.

　'그러고 보니 우리 사도님은 뭘 하고 계시려나?'

　그는 바로 이안에게 영웅 등급 지팡이까지 외상으로 대여해 간, 현존하는 베리타스 서버 최강의 광역 딜러일(?) 노예 1호!

　'슬슬 경매장 오픈하고 나면 수금도 해야 하고……'

　하지만 그렇다고 해서 아토즈를 당장 부를 생각은 아니었다.

지금 이안이 도전해야 하는 던전인 '괴물 늑대의 동굴'은 입장 조건 때문에 파티로 진입이 불가능한 곳이었으니까.

그래서 이안은 이번 퀘스트를 클리어하고 난 뒤 아토즈를 부를 예정이었다.

'일단 던전만 클리어하고 나면…… 아토즈를 불러다가 받아야 할 돈도 뜯어내고, 광역 마법 셔틀로 삼아야겠어.'

베티가 만들어 낸 광역 공포 위에 아토즈의 체인 라이트닝을 쏟아 부을 생각을 하니 절로 입꼬리가 실룩이는 이안.

그리고 이런 행복한 계획을 세우는 사이 이안은 곧 목적지를 찾을 수 있었다.

띠링-!

-'괴물 늑대의 동굴' 던전을 발견하였습니다!

-소환수 '늑대'를 보유하고 있습니다.

-조건이 충족되었습니다.

-던전의 최초 발견자가 되셨습니다.

-앞으로 5일 동안 던전에서 획득하는 모든 경험치가 2배가 됩니다.

-앞으로 5일 동안 던전에서 아이템을 획득할 확률이 2배가 됩니다.

시스템 메시지를 확인하고 씨익 웃은 이안은, 이어서 떠오른 추가 메시지를 무시한 뒤 망설임 없이 던전 안으로 입장하였다.

　-던전을 등록하시겠습니까? 던전을 등록하면 명성이 500 상승합니다.
　-던전 등록을 취소하셨습니다.
　-'괴물 늑대의 동굴'에 입장합니다.

이어서 바위 동굴 앞에 있던 이안의 신형이 어둠 속으로 스르륵 자취를 감추었다.

⁂

듀프리는 억울하고 우울했다.
"크윽! 역시 보통 놈이 아니었나?"
"만반의 준비를 했다고 생각했는데……!"
"우리도 둘이나 당하다니."
필사적으로 도주하며 저항해 보았지만 결국 사망 패널티를 피할 수 없게 되었으니 말이다.
"하지만 이제는 어쩔 수 없겠지."
"잘 가라. 질긴 놈."

지금까지 베리타스 서버를 플레이하면서 단 한 번도 '마족' 유저들을 만나 보지 못했던 것이 방심의 원인이었다.

　아니, 이 카일란이라는 게임에 대한 절대적인 경험 부족이라고 생각했다.

　'상대 진영 유저를 만날 수 있다는 생각을 대체 왜 못 했을까.'

　단지 조금이라도 빨리 레벨을 올리기 위해 사냥에 전념 중이었을 뿐인데.

　이렇게 집단 PK를 당하게 될 줄은 상상도 못했던 것이다.

　'제기랄! 여기서 하루를 날리면 너무 치명적인데…….'

　그렇지 않아도 레벨 업이 더뎌 조바심이 나던 차에 설상가상으로 사망 페널티까지 받게 됐다.

　그 와중에도 방심한 두 놈을 사살하여 명성은 꽤 얻었지만, 그것이 사망 페널티를 커버할 수 있을 정도로 큰 보상은 당연히 아니었다.

　"크으윽."

　하지만 좌절하지는 않았다.

　어차피 실력이 뒷받침된다면, 꾸준히 노력했을 때 결국 랭커가 되는 것은 변함이 없을 것이라 생각했으니까.

　다만 이해가 되지 않는 부분은…….

　"다시는 사냥터에 발도 못 붙이게 해 주지."

　이 마족 유저들이 대체 왜 이렇게까지 자신에게 적대적인

가에 대한 부분이었다.

"이번이 끝일 거라고 생각 마라."

"겁도 없는 놈."

하지만 듀프리에겐 그 이유를 물어볼 기회가 없었다.

지금 이 순간 생명력이 다 떨어진 듀프리의 목에서는 어떤 목소리도 흘러나오지 않았으니까.

"그나저나 이놈 맞겠죠?"

"틀림없죠. 이 정도 활 쏘는 유저가 흔하지는 않잖아요."

그래서 마족들이 하는 이야기들은 잘 이해가 되지 않았지만……

"그건 그러네요."

"그런데 왜요?"

"그, 생각해 보니…… 지난번에 봤던 박쥐같은 녀석이 안 보여서……."

듀프리는 이를 바득바득 갈면서 놈들의 목소리에 귀를 기울였다.

"잠깐! 그런데 이놈, 왜 이렇게 거지야?"

"뭐야! 그새 장비 다 팔아먹은 건가?"

"와, 씨! 이상한 잡템밖에 안 떨어졌어!"

"제기랄……!"

실력도 없는 주제에 집단 공격으로 자신을 PK한 이 비겁한 놈들에게 앞으로 지옥을 보여 주겠다고 다짐하며 말이다.

'한 놈 한 놈 다 기억해 두겠어. 카일란을 접고 싶게 만들어 주지.'

그리고 지금 이 순간.

듀프리를 비롯한 마족 유저들은 알 수 없는 사실이 두 가지 있었다.

첫째로는 사실 이 모든 상황이 누군가(?)의 별생각 없는 플레이로 인해 발생한 오해였으며.

두 번째는 이 오해와 복수로 인해, 훗날 '마족 사냥꾼'이라는 별명으로 불리게 될 궁수 랭커가 탄생할 것이라는 사실을 말이다.

괴물 늑대의 동굴은 무척이나 음산한 분위기를 가진 던전이었다.

아우우—!

어두컴컴한 것은 물론, 한 걸음 한 걸음 옮길 때마다 오한이 들 정도로 오싹한 한기가 흐르는 던전이었던 것이다.

띠링—!

－'괴물 늑대의 동굴' 던전에 입장하셨습니다.
－던전을 클리어할 때까지 외부로 통하는 모든 통로가 봉쇄됩니다.

―보스 몬스터를 처치할 시 던전 클리어의 최소 조건이 충족됩
니다.

그리고 그러한 이안이 느끼는 서늘함은 비단 기분 때문만
은 아니었다.

―소름끼치는 한기가 느껴집니다.
―모든 움직임이 5%만큼 둔화됩니다.
―냉기 계열의 피해를 입을 시 10%만큼 추가 피해를 입습니다.

친절한 시스템 메시지가 환경을 정확히 설명해 주고 있었
으니 말이다.
'으으, 추워!'
이안은 한 차례 몸을 부르르 떨었지만, 바깥으로 육성을
내뱉는 실수를 범하지는 않았다.
이안에게 수많은 카일란 경험이 있는 것과 별개로 이 '괴
물 늑대의 동굴' 던전에 대한 정보는 전무한 상태였으니까.
쓸데없이 소리를 내어 몬스터들의 어그로를 끌어 버린다
면 안전을 확보한 가운데 던전을 탐색할 시간적 여유를 날려
버리는 것과 다름이 없었다.
'휴우, 일단 어떤 몬스터들이 배치되어 있는지 확인해 볼
까?'

아주 천천히 동굴 안쪽으로 진입한 이안은 필드 구조를 하나씩 머릿속에 담기 시작하였다.

그리고 이러한 와중에 이안의 눈앞에 몬스터가 나타나는 데까지는 그리 오랜 시간이 걸리지 않았다.

좁은 통로를 빠져나와 공터에 도착하자 하방으로 깊숙하게 뚫린 필드가 이안의 눈에 들어왔고.

"……!"

그 아래쪽 널찍한 지역에는 덩치가 곰만 한 거대한 늑대들이 떼 지어 모여 있었으니 말이다.

-거대한 늑대(희귀) Lv. 35

'이름도 거대한 늑대잖아?'

라이가 '핏빛 갈기 늑대'이던 시절에도 일반 늑대보다 훨씬 커다란 덩치를 가지고 있었지만.

그때의 라이와 비교해도 더 커다랗고 육중한 체격을 가진 '거대한 늑대'들.

하지만 그러한 위협적인 외모와 별개로 이 녀석들은 이안에게 만만한 상대라고 할 수 있었다.

'이런 놈들만 있는 거면 예상보다 너무 쉬울 것 같은데…….'

레벨이 35레벨밖에(?) 안 되는 데다가 등급도 희귀 등급.

대략적으로 따져보면 붉은 바위 봉우리의 고블린의 전투력과 비슷한 정도라고 추측할 수 있었으니 말이다.

'하지만 그럴 리는 없겠지. 퀘스트 난이도가 A랭크였으니까.'

그래서 이안은 본격적으로 전투에 들어가기 전 좀 더 꼼꼼히 몬스터들을 살피기 시작했고.

결국 거대한 늑대들 사이에서 조금 다른 녀석들을 발견해 낼 수 있었다.

'엇, 저 녀석은 외형이 분명히 다른데⋯⋯?'

몸집 자체는 다른 거대한 늑대들보다 미세하게 커다란 수준에 불과했지만, 다른 늑대들에게는 없는 작고 뾰족한 뿔과 녹색 빛의 갈기를 분명하게 가지고 있는 특이 개체.

그리고 녀석의 정보를 확인한 순간 이안은 적잖이 놀랄 수밖에 없었다.

　　　－어스 다이어 울프(영웅) Lv. 52

다른 늑대들보다 확연히 높은 레벨도 레벨이었지만, 녀석의 등급은 무려 '영웅' 등급이었으니까.

'역시⋯⋯!'

아무리 평균 몬스터의 분포가 만만하다고 해도, 그들 사이에 이런 수준의 강력한 정예 몬스터가 섞여 있다면 난이도는 크게 증가한다.

게다가 지금 이안이 위치한 곳은 던전의 초입부일 뿐.

더 깊숙이 들어간다면 거대한 늑대보다 이 '어스 다이어 울프'라는 녀석들이 더 많이 출몰할지도 모를 일이었다.

'그래도 몬스터 외에 특별한 변수가 없다면……. 공략은 충분히 해 봄 직해. 다이어 울프가 한 번에 서너 마리씩 달려드는 게 아니라면 시간이 걸려도 충분히 잡을 수는 있으니까.'

이안은 몬스터들에게 들키지 않는 선에서 최대한 많은 정보를 수집하려고 노력하였고.

그 결과 '어스 다이어 울프'말고 '스노우 다이어 울프'라는 개체도 존재한다는 사실을 알게 되었다.

그리고 이 던전의 초입부를 안전히 공략하기 위해선 먼저 이 영웅 등급의 강력한 몬스터들을 각개격파 하는 것이 선행되어야 한다는 사실도 알 수 있었다.

'각개격파 하면서 대략적인 고유 능력을 파악해야 해. 그래야 안전하게 더 깊숙한 던전으로 들어갈 수 있겠지.'

던전의 대략적인 스펙을 파악한 이안은 예상했던 대로 결코 만만치 않은 던전임을 확인할 수 있었다.

다른 요소들은 다 차치하더라도 30~50레벨 구간의 던전에 벌써 영웅 등급의 네임드 몬스터가 등장한다는 사실은 흔치 않을 정도의 난이도인 건 분명하다고 할 수 있었다.

'좋아, 그럼 시작해 볼까?'

그나마 다행인 점은 던전의 구조상 특별한 함정이나 기관이 존재하지는 않을 것 같다는 점이었다.

그래서 이안은 천천히 활시위를 당겼다.

끼이익-!

이안의 화살촉이 향하는 첫 번째 목표는 초입에서 가장 가까운 위치에 동떨어져 있는 '어스 다이어 울프' 몬스터의 미간이었다.

＊

사람은 마음이 조급해지는 순간, 평정심이 흐려지게 된다.

평소에 아무리 냉철하게 상황을 분석하고 판단하는 게이머라 하더라도.

어떤 외부적인 요인 때문에 마음이 조급해지게 되면 판단력이 떨어지게 되는 것이다.

그리고 지금 삭풍의 고원에서 사냥 중인 아토즈 또한 그런 사람의 범주에서 크게 벗어나지 못했다.

조금이라도 빨리 경험치를 올리고 사냥해 내야 한다는 압박감 때문에, 평소였다면 결코 하지 않았을 실수를 하고 말았으니 말이다.

지직- 지지지직-!

"젠장……!"

아토즈의 실수는 다른 것이 아니었다.

그가 현재 사용 가능한 최강의 광역 마법인 체인 라이트닝.

이 마법의 대미지를 잘못 계산하는 바람에, 치명적인 위기에 빠지게 된 것이다.

지금 아토즈의 스펙은 동 레벨대에 비해서도 훨씬 훌륭했지만 이곳 '삭풍의 고원' 몬스터들에게 집단 공격을 당한다면 순식간에 주검이 되는 것은 너무 당연하다.

그래서 몰이사냥을 할 시 미리 캐스팅한 마법들을 한 사이클만 시전해 몬스터들을 정확히 한 큐에 쓸어 담아야 했는데.

중간에 전격 마법 증폭 스크롤 사용을 누락하는 바람에 모든 마법을 발동시켰음에도 '슈로글'들의 생명력이 20퍼센트나 남아 버린 것이다.

끼에에엑-!

끼루루룩-!

강력한 전격 공격을 받은 몬스터들은 잠시 정신 차리지 못하고 비틀거렸지만.

그것은 말 그대로 잠시일 뿐이었다.

기동력이 워낙 빠른 조류 몬스터들이니만큼 그 짧은 시간 동안 그들의 시야 밖으로 도주하는 것은 불가능했고.

이들이 정신 차리고 몰려든 순간 아토즈는 죽음을 면치 못할 것이었다.

'제길! 3초……! 아니, 2초만 더 있었어도……!'

실수를 깨달은 순간 곧바로 마나 가속 포션을 들이켰지만, 그래도 체인 라이트닝의 재사용 대기 시간이 돌아오려면 아직 10초는 더 필요하다.

전격 피해로 인한 마비에서 빠져나오는 시간이 1.5초 정도에 아토즈를 찾아내는 데까지 추가로 1초.

아토즈를 발견하여 다가오는 데까지 5초 정도를 추가하더라도 7초 정도밖에 되지 않았으니, 그사이에 체인 라이트닝을 다시 발동시키는 것은 불가능에 가까운 것이다.

비전투 상태에 돌입이라도 됐다면 스크롤을 찢어 마을로 귀환하겠지만 아토즈의 마법이 발동된 순간 그것은 벌써 물거품이 되었다.

그래서 아토즈는 그 짧은 시간 안에 필사적으로 머리를 굴렸다. 이 절체절명의 위기를 어떻게 극복해 내야 할지에 대해서 말이다.

'어떻게든 안 죽고 살기만 하면 돼. 살아남기만……!'

아토즈는 그 찰나의 시간 동안 자신이 선택할 수 있는 모든 선택지를 머릿속으로 떠올려 보았다.

하지만 이렇게 긴급하고 짧은 순간에는 떠올리는 것까지가 아토즈에게 가능한 한계 수준.

그래서 아토즈는 일단 떠오른 모든 것들을 닥치는 대로 실천(?)하기 시작했다.

남아 있는 마나를 활용해 쓸 수 있는 모든 마법들을 닥치는 대로 발동시키는 것부터 시작해서…….

　　-'헤이스트' 마법을 발동합니다.

　　-이동속도와 공격 속도가 일시적으로 증폭됩니다.

　　-'대미지 리플렉션' 마법을 발동합니다.

　　-적으로부터 받는 물리 공격의 위력이 최대 3회까지 감소합니다.

　　-감소된 피해량만큼 공격자에게 되돌려 줍니다.

　　……중략……

　　-일시적으로 방어력이 증가합니다.

　　-'중급 생명력 회복 포션' 아이템을 사용하셨습니다.

　　-생명력을 회복하였습니다.

　　……후략……

　물리 방어력을 순간적으로 올려 주는 포션을 삼키는 등 소모 아이템 사용하기까지 했다.

　하지만 이 순간에도 날아드는 슈로글들을 보면서 아토즈는 참담한 심정일 수밖에 없었다.

　이런 방법들을 총동원해 봐야, 결국 할 수 있는 것은 사망을 아주 미세하게 미루는 정도일 뿐이었으니 말이다.

　그런데 그때 좌절하고 있던 아토즈의 머릿속에 문득 생각지도 못했던 하나의 스킬이 떠올랐다.

　그를 사도로 들인 후 완전히 연락이 두절된, 그의 신으로

부터 받은 권능이 순간적으로 떠오른 것이다.

'잠깐, 그러고 보니…… 신수 소환을 실전에서 써 본 적이 없잖아?'

물론 큰 기대를 거는 것은 당연히 아니었다.

그 '신수'라는 것이 얼마나 작고 보잘것없는 녀석인지는 이미 봐서 알고 있었으니 말이다.

다만 지금 이 권능을 발동하는 아토즈의 심정은…….

물에 빠져 죽음을 앞둔 상황에서 그저 지푸라기라도 잡아 보려는 사람의 마음!

"신수 소환……!"

─신의 권능이 발동되었습니다.
─신수 '베티'의 환영이 소환됩니다.

그런데 아토즈가 잡은 그 지푸라기가 놀랍게도 기적을 일으켰다.

뀨룩─ 뀨루루룩─!

일단 소환된 신수라는 녀석이 적어도 아토즈가 알던 그 먼지 같은 녀석이 아니었으며.

'뭔가 좀 커진 것 같은데?'

귀엽기 그지없는 소리를 내며 등장한 녀석은 아토즈가 별다른 명령을 내리지 않았음에도 자신이 가지고 있던 강력한 고유 능력을 발동시켰으니 말이다.

　−신수 '베티'의 환영이 고유 능력을 복제합니다.
　−'피의 군림' 고유 능력이 발동됩니다.

　기존의 먼지(?)보다 조금 커졌다고는 해도, 솜뭉치처럼 귀엽고 전투력이라고는 없을 것처럼 생겼던 녀석.
　그러나 그저 귀엽다고만 생각했던 '베티'의 고유 능력은, 아토즈의 상상을 초월할 정도로 강력한 것이었다.
　고유 능력이 발동하자마자 한 방에 두 마리의 슈로글이 처치된 데다…….

　−'피의 권능'이 담긴 일격이 '슈로글'에게 치명적인 피해를 입혔습니다!
　−'슈로글'을 성공적으로 처치하셨습니다!
　−'슈로글'을 성공적으로 처치하셨습니다!

　알 수 없는 공포의 회오리가 몰아치더니, 아토즈를 향해 달려들던 몬스터들을 전부 공포에 빠뜨려 버린 것!

　−공포의 회오리가 몰아칩니다.
　−'슈로글'이 '공포' 상태에 빠졌습니다.

-일시적으로 공격속도가 대폭 감소합니다.

-'슈로글'이 '공포' 상태에 빠졌습니다.

……후략……

당연히 이런 천재일우의 기회를 놓칠 아토즈가 아니었다.

아토즈의 피지컬은 이안조차도 꽤 괜찮다고 인정할 정도였으니 말이다.

-마나에 전격의 힘이 흐르기 시작합니다.

-'체인 라이트닝' 마법의 캐스팅을 시작합니다.

지직- 지지직-!

베티가 벌어 준 그 몇 초 사이에 체인 라이트닝의 재사용 대기 시간이 회복되었음을 놓치지 않고 그대로 마법을 발동시켜 버린 것이다.

지지직- 퍼퍼펑-!

-'슈로글'을 성공적으로 처치하셨습니다!

-'카이글'을 성공적으로 처치하셨습니다!

……후략……

공포에 빠진 몬스터들의 위로 떨어진 체인 라이트닝은 순식간에 그들을 몰살시키기 시작했다.

애초에 몬스터들의 생명력이 전부 절반 이하로 떨어져 있기도 했지만 피의 군림으로 인한 공포 때문에 완전히 무방비 상태였던 것이다.

무방비 상태일수록 마법이 정확히 타격될 수 있으니 대미지는 당연히 최대치로 들어갔고, 그것은 곧 아토즈가 위기를 넘기게 되었음과 일맥상통하였다.

'돼, 됐어⋯⋯!'

그래서 아토즈는 안도함과 동시에, 또 다른 기대감에 빠질 수밖에 없었다.

"내가 대체 왜 이런 꿀 같은 스킬을 안 쓰고 있었던 거지?"

지금 신수 '베티'가 보여 준 고유 능력을 잘만 활용한다면 이 '삭풍의 고원'을 미친 듯이 쓸어버리는 초고속 사냥도 충분히 가능할 것 같았으니 말이다.

만약 그렇게 된다면 버그를 쓰는 것처럼 레벨 업이 빠른 루이사도 충분히 따라잡아 볼만 할 터.

'역시⋯⋯! 길은 있었어!'

하지만 그러한 아토즈의 행복 회로는 그리 오래 지속될 수 없었다.

띠링-!

-보유 중인 '신앙력'이 전부 소진되었습니다.

−신수 '베티'의 소환이 종료됩니다.

−'신수 소환' 권능의 남은 재사용 대기 시간 : 240분

*권능을 사용할수록 '신앙력'이 증가하며, 해당 권능의 재사용 대기 시간이 감소됩니다.

그를 위기에서 구해 준 베티가 홀연히 허공에서 사라져 버렸으니 말이다.

스스슥−!

사라지는 베티의 그 그림자를, 아토즈는 멍한 표정으로 지켜보고 있을 수밖에 없었다.

* * *

괴물 늑대의 동굴 던전은 확실히 흥미로웠다.

평범한 늑대부터 웨어 울프, 펜리르까지 누구보다 다양한 늑대 종을 탐구하여 잘 알고 있는 이안이었음에도 이 던전에 출몰하는 늑대들은 하나같이 전부 처음 보는 몬스터들이었으니 말이다.

'굳이 따지자면, 완전히 새로운 종이라고 해야 하나?'

물론 베리타스 서버의 몬스터 대부분은 콜로나르 대륙에서 볼 수 없던 새로운 개체들이다.

하지만 그중 하나인 데몬 고블린을 예로 들면, 기존 '고블

린'이라는 몬스터에 속성이나 타입 정도만 바뀐 형태였다.

다른 대부분의 몬스터들도 그런 경우가 많았다.

몬스터 개체는 분명히 다른 개체일지언정, 전투 A.I.나 고유 능력 등은 기존의 몬스터들과 공유하여 큰 위화감이 느껴지지 않을 정도의 몬스터들이었던 것이다.

하지만 지금 이 동굴에 등장하는 '거대한 늑대'들과 '다이어 울프'들은 완전히 새로운 형태의 늑대.

일단 이안이 느끼기에 이 녀석들은 다른 늑대들과 스텟 구조부터가 완전히 달랐다.

'무슨 늑대가 아니고 곰 같은 느낌이라고 해야 하나…….'

먼저 '거대한 늑대'부터 이야기해 보면, 이놈들은 희귀등급의 늑대 주제에 어마어마하게 거대하다.

곰 중에서도 거대한 편인 칠흑의 반달곰과 비교해도 결코 꿀리지 않을 정도로 말이다.

그리고 몸집이 육중한 만큼 전투 스타일도 확연히 달랐다.

라이와 같은 대부분의 늑대들이 민첩성을 베이스로 한 테크니컬한 전투 스타일에 어울린다면.

이 거대한 늑대들은 튼튼한 맷집과 괴력으로 적을 찍어 누르는 전투 방식에 최적화되어 있었으니까.

지금까지의 '늑대 종'과는 확연히 다르다는 표현이 과하지 않은 몬스터들.

그래서 이안은 단순히 던전을 클리어하는 것에만 집중할

수 없었다.

자타공인 최고의 소환수 연구가로서 그냥 지나칠 수 없는 흥미로운 부분이 너무 많은 녀석들이었으니까.

만약 던전에 시간제한이 있었더라면 어쩔 수 없이 클리어부터 생각해야 했겠지만 딱히 그런 것도 없다.

그래서 거의 하루가 다 지나가는 지금.

이안은 아직도 던전 지하 2층에 머물고 있었다.

오랜만에 포획 노가다의 재미에 빠진 채로 말이다.

띠링—!

　

－'거대한 늑대'를 포획하는 데 성공하였습니다.

　

그리고 그 노가다의 첫 번째 결실이 지금 이안의 눈앞에 떠오르고 있었다.

　

－수많은 거대한 늑대를 포획하여, '거대한 늑대 전문가' 칭호를 얻었습니다.

－'거대한 늑대 전문가' 칭호를 얻어 앞으로 거대한 늑대를 포획할 때 친밀도를 얻기가 더 쉬워집니다.

－'거대한 늑대 전문가' 칭호를 얻어 앞으로는 몬스터를 포획하지 않아도 우수한 '거대한 늑대'를 판별해 낼 수 있습니다.

"좋아. 드디어 칭호가 떴네."

이안은 사실 이미 던전의 마지막 층까지 길을 뚫어 둔 상태였다.

정예 몬스터로 등장하는 다이어 울프들이 강력하기는 했지만, 전투가 이어지며 레벨이 오르자 한나절 정도 만에 최종층인 지하 5층까지도 어렵지 않게 공략할 수 있었던 것이다.

그래서 이안이 지금 던전 내에 남겨둔 필드는 보스 룸으로 추정되는 '숨겨진 무덤'이라는 이름의 필드 하나뿐.

그럼에도 지금 이안이 지하 2층으로 다시 올라온 이유는 단 하나.

포획 노가다 때문이었다.

3층부터는 '정예'로 분류되는 다이어 울프들의 비율이 높아지는데, 정예 몬스터는 포획이 불가능했으니까.

포획 노가다를 하기에는 지하 2층이 가장 적합한 필드였던 것이다.

"이쯤 되면 진화 가능한 거대한 늑대가 하나 뜰 법도 한데……."

이안의 추측으로 다이어 울프는 거대한 늑대의 진화 형태이다.

그래서 진화 가능한 거대한 늑대를 하나 잡고 넘어가는 것이 포획 노가다의 목표였던 것.

이곳 '괴물 늑대의 동굴'이 1회성 던전인지 오픈 던전인지 클리어해 보기 전에는 알 수 없었기에 던전 클리어를 앞두고 노가다를 멈출 수 없었다.

'최초 발견 버프 덕에 레벨도 상당히 잘 오르는 편이니까 노가다를 하지 않을 이유도 없지.'

그래서 이안은 지금 지하 2층에 있는 거대한 늑대들을 거의 멸종시킬 기세로 쓸어담고 있었다.

최초 발견 버프가 유지되는 5일이 지나거나, 혹은 진화 가능한 거대한 늑대를 포획해 내거나.

둘 중 하나가 될 때까지 던전에서 나오지 않을 생각으로 말이다.

- '거대한 늑대'를 포획하는 데 성공하였습니다.
- '거대한 늑대'를 포획하는 데 성공하였습니다.
......후략......

그리고 이렇게 식음을 전폐(?)하는 수준으로 노가다를 시작한 지 대략 2일 정도가 지났을까?

'이거, 설마 진화 가능 개체가 없는 종은 아니겠지?'

이안은 슬슬 불안해지기 시작했다.

사실 '다이어 울프'라는 상위 개체의 존재를 보고 진화에 대한 확신이 있어서 시작한 노가다건만.

이안의 기준으로도 너무 오랫동안 진화 가능 개체가 보이지 않았으니 말이다.

'물론 버프가 사라질 때까진 계속해 볼 생각이지만…….'

심지어 잠재력 수치나 스탯 수준으로 보면, 어지간한 진화 가능 개체보다 훨씬 더 뛰어난 수준의 개체도 세 마리나 확보한 상태.

"베티야, 우리 잠깐 쉴까?"

뀨룩- 뀨루룩-!

이안은 던전 구석으로 잠시 물러난 후 잠시 휴식하며 포획한 늑대들을 한 차례 점검하는 시간을 가지기로 했다.

점검 시간이라는 것은, 포획한 늑대를 소환하여 정보 창을 살피면서 이런저런 분석을 하는 시간.

그래서 이안은 잠시 사용할 적절한 공간을 물색하다 보니 금방 괜찮은 위치를 찾을 수 있었다.

"오, 이런 곳이 있었네?"

지하 2층의 북쪽 필드 구석에 교묘하게 바위들로 가려진 널찍한 공터가 있었던 것이다.

이안이 발 디딘 적 없음에도 불구하고 몬스터가 전혀 없는 걸 보면 몬스터가 젠 되는 리스폰 포인트도 없는 곳 같았다.

"와, 진즉에 여기서 할걸."

그래서 이안은 맘 편히 짐을 내려놓고 한쪽 바위에 걸터앉았다.

이어서 지금까지 포획한 모든 '거대한 늑대' 중 가장 뛰어난 개체를 먼저 소환하였다.

스텟이 마음에 들어 이름까지 지어 놓은 녀석이었다.

위이잉-!

　　-소환수 '쟈칸'를 소환하였습니다.

새로 잡은 녀석들보다 이 녀석을 먼저 소환한 이유는 간단했다.

가장 뛰어난 녀석을 소환해 두고 새로 잡은 녀석들을 비교하며 분석하면 점검 시간을 훨씬 단축시킬 수 있었으니까.

"흠, 이번에 잡은 놈들은 거의 방생 대상인 것 같은데……."

5분 정도가 지나자 옥석을 가려내는 작업은 얼추 마무리되었다.

옥이 하나도 없는, 전부 돌이라는 게 문제라면 문제였지만 예상치 못했던 바도 아니었다.

'아무리 봐도 이 녀석보다 좋은 놈을 잡긴 힘들어 보이는데…….'

그래서 5분 만에 포획한 늑대들을 전부 검토한 이안은 미련 없이 전부 방생한 뒤 자리에서 일어났다.

그런데 바로 그때.

아우우-!

이안의 옆에 얌전히 앉아 있던 '쟈칸'이 돌연 울부짖기 시작하였다.

───※───

'삭풍의 고원' 필드는 사실 전사 클래스가 사냥하기에 가장 불리한 환경을 가진 필드다.

날렵한 조류 몬스터들이 떼로 몰려 있는 이런 사냥터는 단일기 위주로 공격 스킬이 구성된 데다 대부분의 공격이 큰 동작을 필요로 하는 전사 클래스에게 지옥 같은 환경이라고 할 수 있었으니 말이다.

하지만 그것은 단지 '평범한' 전사 클래스에 국한되는 이야기일 뿐, 히든 클래스 '패력 검사'에게는 전혀 통용되지 않는 이야기였다.

"으히히, 다 죽어랏!"

지금 루이사는 이 삭풍의 고원 필드에서 솔로 플레이만으로 벌써 40레벨을 달성한 상황이었으니 말이다.

"크……! 달달해!"

패력 검사는 그 이름에서도 느껴지듯 강력한 힘을 기반으로 파괴력 넘치는 공격을 구사하는 클래스였다.

일반적인 전사 클래스보다 오히려 더 느리고 몸이 무거운 대신, 한 방 한 방이 훨씬 더 강력한 위력의 공격기로 구성된 클래스였던 것.

그래서 여기까지만 봤을 때는 오히려 일반 전사 클래스보다도 삭풍의 고원에서 훨씬 불리해 보일지도 모른다.

'패력의 검풍'이라는 고유 능력을 제외하고 본다면 말이다.

　－고유 능력, '패력의 검풍'을 발동합니다.

　－'무력'능력치에 비례하여 신체가 가속됩니다.

　－일시적으로 모든 공격 속도가 35%만큼 증가합니다.

　－일시적으로 이동속도가 35%만큼 증가합니다.

　－지속 시간 동안 모든 움직임이 5%만큼씩 지속적으로 가속됩니다.

패력의 검풍 스킬은, 쉽게 말해 패력 검사가 가진 이 강력한 힘을 이용해 순간적으로 신체를 가속하는 기술이었다.

이 능력이 지속되는 순간만큼은 힘이 곧 속도가 되기 때문에 가장 치명적인 단점이 상쇄되는 것.

게다가 이 고유 능력의 지속 시간이 끝날 때쯤 사방으로 검풍을 방사하는 부가 효과를 가지고 있었는데…….

　－이동속도와 공격 속도에 비례하는 위력을 가진 검풍이 사방으로 뻗어 나갑니다.

촤아아아—!

    —'슈로글'에게 치명적인 피해를 입혔습니다!
    —'슈로글'을 성공적으로 처치하였습니다!
    —'카이글'을 성공적으로 처치하였습니다!
    ……후략……

  속도에 비례해 위력이 증가하는 검풍이 가속량이 가장 높은 시점에 발출되다 보니, 어마어마한 위력의 광역 공격까지 겸비하게 되어 버린 것이다.

  "흐아압……!"

  게다가 사냥 방식은 간단했다. '패력의 검풍'을 활성화시킨 상태에서 빠른 이동속도로 몬스터 몰이를 한 뒤에 검풍을 터뜨려 싹 다 몰살시키면 그만이었으니까.

  띠링—!

    —레벨이 올랐습니다.
    —41레벨이 되었습니다.

  이것이 바로 루이사가 아토즈보다도 훨씬 빨리 레벨을 올릴 수 있었던 비결이었다.

  "아자, 또 1업 땅겼고!"

미친 듯이 사냥을 하고 있었지만 힘든 줄도 몰랐다.

그럼에도 가끔 힘들어질 때면 이렇게 친구 목록을 한 번 확인해 주고…….

"으히히, 오랜만에 우리 토즈 오빠 레벨이나 한번 확인해 볼까?"

　-아토즈 : Lv. 38

없던 힘도 어디선가 다시 솟아났으니까.

"키키키, 이 오빠 아직도 38이네? 이거, 이거…… 도무지 차이가 줄지를 않잖아? 후후후!"

그래서 거의 무아지경으로 사냥을 계속하던 루이사는 어느새 삭풍의 고원 필드를 처음부터 끝까지 한 바퀴 전부 돌게 되었다.

　-포털로 진입할 시 '창공의 고원'으로 이동하게 됩니다.
　-이동하시겠습니까?

"아, 여긴 아직 아니지. 여긴 최소 50레벨은 찍고 나서……."

　-포털 진입을 취소하셨습니다.

상위 필드로 이동하는 포털에서 다시 빠져나온 루이사는 그 옆에 앉아 상태 창을 한번 점검하였다.

그리고 이제까지의 전투를 복기하며 최대한 효율적인 레벨 업 코스를 고민하기 시작하였다.

'이제 전투에 여유도 좀 생겼으니까, 최대한 많은 몬스터를 몰아서 한 번에 잡을 수 있는 지형으로 이동하는 게 좋겠어.'

월드 맵을 오픈한 루이사는 기억을 더듬으며 필드 구석구석을 검토하기 시작하였다.

'이쪽은 몬스터는 많은데 리젠이 너무 느리고……. 여기는 필드가 다 트여 있어서 몹들을 몰아넣기에 부적합해.'

그런데 이렇게 맵을 구석구석 살피던 루이사는, 순간 의아한 얼굴이 될 수밖에 없었다.

"어……?"

조금 덜 밝혀진 맵의 구석에, 작은 글씨로 반짝이는 무언가를 발견한 것이다.

　—던전 : ?? ??의 동굴

완전히 밝혀지지 않은 맵이어서인지 구체적인 명칭은 알 수 없었지만 히든 던전으로 보이는 위치를 발견해 낸 것.

'뭐야, 이런 곳이 있었어?'

당연하게도 그것을 발견함과 동시에 루이사의 목적지는

정해졌다.

어떤 던전인지는 알 수 없지만 이 시점에서 삭풍의 고원 히든 던전에 입장한다면 분명히 최초 발견 보상을 받을 수 있을 터.

"바로 출발이다!"

그렇게 '?? ??의 동굴'로 향하는 루이사의 머릿속에서는 행복 회로가 가동되기 시작하였다.

괴물 늑대의 비밀

갑자기 울려 퍼진 쟈칸의 커다란 울음소리에, 이안은 깜짝 놀라 고개를 휙 돌렸다.

아우우우-!

"갑자기 왜 그래, 쟈칸?"

늑대의 울음소리를 처음 들은 것은 당연히 아니다.

이름부터 괴물 늑대의 동굴인 이곳 던전에는 이런 울음소리가 쉴 새 없이 울려 퍼졌으니까.

다만 방금 이 쟈칸의 울음소리에서는 지금까지 들을 수 없던 강렬한 파동이 느껴졌는데, 이안이 놀란 이유는 바로 그것이었다. 그것은 범접할 엄두가 나지 않을 정도로 강력하고 맹렬한 회오리였으니까.

아우─ 아우우우─!

놀라서 두리번거리는 이안의 주변으로 사정없이 몰아치기 시작하는 시커먼 기류.

아직 상황 파악이 되지 않은 이안은 반사적으로 주변을 살폈지만, 어떤 원인을 찾아내는 것은 불가능했다.

애초에 너무 맹렬히 휘몰아치는 검은 기류 때문에 코앞의 상황조차 확인할 수가 없었으니 말이다. 대신 이안의 눈앞으로 새로운 시스템 메시지가 떠오르기 시작했는데…….

띠링─!

그 안에는 놀라운 내용들이 담겨 있었다.

─'자격'을 갖춘 괴물 늑대가 감응합니다.

─조건이 충족되었습니다.

─'바르그(vargr)의 제단'에 '태초의 잊힌 힘'이 일렁이기 시작합니다.

'바르그……? 태초의 잊힌 힘? 대체 뭐지, 이게?'

자격을 갖춘 괴물 늑대라 함은 정황상 이안이 포획한 소환수 '쟈칸'일 것이다.

하지만 그 뒤에 명시된 '바르그의 제단'이라든가 '태초에 잊힌 힘' 등은 이안으로서도 예상하기 쉽지 않은 문구!

우웅─ 우우웅─!

그 때문에 귓전에 가득 울리는 공명 음을 들으면서 이안은 긴장할 수밖에 없었다. 메시지 내용만 봐도 뭔가 의미심장한 일이 벌어지고 있는 것은 분명한데, 그것이 어떤 방식으로 전개될지는 아직 알 수 없었으니 말이다.

어떻게 보면 당장 어떤 히든 페이즈가 열려서 전투가 열리더라도 전혀 이상하지 않은 상황인 것이다.

'괴물 늑대의 동굴이라더니…… 그것과 관련된 히든 피스인가?'

하지만 다행히(?)도 그렇게 극단적인 상황이 벌어지지는 않았다. 잠시 후 긴장하고 있던 이안의 주변에서 휘몰아치던 기류가 점점 옅어졌으며 허공에 가득 울리고 있던 공명 음도 천천히 사라졌으니까.

대신 이안의 눈앞에 나타난 것은 완전히 처음 보는 광경이었다.

"이게…… 바르그의 제단……?"

분명히 처음 들어와 정비를 시작할 때까지만 하더라도 아무것도 없는 널찍한 공터였다.

그런데 검정색 기류가 한번 훑고 지나가자 그 한복판에는 커다란 구조물이 덩그러니 만들어져 있었다.

마치 고대 유적지에나 있을 법한 화려하고 웅장한 외형의 커다란 제단.

고오오오-!

제단의 양쪽에는 늑대의 형상이 새겨진 커다란 기둥이 솟아

올라 있었고, 그 사이에는 짙푸른 보랏빛의 불꽃들이 휘몰아
치며 일렁이고 있었다. 하여 잠시 그것을 멍하니 응시하던 이
안은 뭔가에 홀리기라도 한 듯 천천히 제단을 향해 다가갔다.

어떤 히든 피스가 담겨있을지 두근거리는 마음으로 말이다.

저벅저벅.

이어서 이안이 제단의 앞에 섰을 때.

띠링—!

이안의 기대에 부응하기라도 하듯, 새로운 메시지들이 또
다시 생성되었다.

    —괴물 늑대의 힘이 깨어났습니다.

    —조건이 충족되었습니다.

    —소환수 '쟈칸'을 진화시킬 수 있습니다.

    ……중략……

    —진화를 위해 '태초의 힘'이 담긴 징표가 필요합니다.

그리고 그것들을 읽어 내려가는 이안의 두 동공은, 점점
더 확대되어 가고 있었다.

베리타스 서버가 나온 이후 거의 식음을 전폐하다시피 한

아토즈는 최근까지 단 한 번도 누군가를 만난 적이 없었다.

애초에 먹을 시간 잘 시간까지 줄여 랭킹 경쟁을 해야 하는 상황에서 누군가를 만날 약속을 잡을 리가 없는 것이다.

하지만 오늘 그는 오랜만에 '사람'을 만나기로 하였다.

물론 오늘도 내켜서 시간을 낸 것은 아니다.

다만 오늘의 약속은 너무 오래전부터 해 뒀던 것이어서 어쩔 수 없었다고 할 수 있었다.

'으, 진짜 이럴 시간 없는데…….'

대신 약속 장소는 아토즈의 집.

원래는 뮌헨의 유명한 슈바인스학세 가게에서 모이기로 했었으나 아토즈를 배려(?)하기 위해 약속 장소가 바뀌었다.

오늘 아토즈가 만나기로 한 사람들 또한 카일란 유저들이었기 때문에 지금 아토즈의 상황을 다들 잘 이해하고 있었던 것.

하여 집에서 나름 손님 맞을 준비를 마친 아토즈는 오늘 방문할 예정인 누군가와 통화를 하는 중이었다.

"난 밥만 다 먹으면 다시 접속할 거니까, 놀고 싶은 만큼 알아서들 놀다가 가라고."

─어련하시겠어? 크크! 루이사한테 레벨도 따라잡혔다면서?

"시끄러워, 누나. 걘 분명 무슨 버그를 쓰고 있을 거야."

─버그는 무슨…….

"게다가 오늘 모임에도 안 나오잖아?"

─그치?

"내가 오늘 누나들이랑 놀아 주는 동안, 걔는 또 정신없이 레벨 업 할 걸?"

-키히히, 그럼 루이사도 부르자. 그러면 되겠네.

"아 싫어!"

-왜? 그래야 공평하잖아.

"다시 레벨 역전하기 전까지는 걔 안 만날 거야."

-크크크! 더 부르고 싶네, 이러니까.

"아, 싫다니까!"

-알겠어, 안 부를게. 그러니까 오늘 가면 재밌는 썰이나 좀 풀어 달라고. 알겠지, 아토즈?

"오기나 하셔."

전화를 끊은 아토즈는 거실에 대충 탁자를 펼쳐 놓고는 다시 캡슐 안으로 들어갔다. 손님들과 배달 음식이 도착하기까지 대략 삼십 분 정도면 충분하겠지만, 그 시간 동안이라도 사냥을 더 하기 위해서 말이다.

캡슐에 앉은 아토즈는 무척이나 비장한 표정이었다.

바르그의 제단.

그리고 태초의 잊힌 힘.

무척이나 거창한 수식어를 확인했을 때부터 어렴풋이 짐

작하고 있었지만, 역시나 이안의 눈앞에 떠오른 것들은 그저 그런 허접한 히든 피스가 아니었다.

히든 피스에도 당연히 급이 있고 그 급이란 보통 희귀도에 따라 달라지는데, 이런 종류의 히든 피스는 이안에게조차도 생소한 것이었으니 말이다.

카일란의 고인물 중 고인물인 이안도 진화와 관련돼서 이런 방식으로 진행되는 히든 피스는 처음이었던 것.

띠링—!

　　—'쟈칸(거대한 늑대)'를 진화시키겠습니까?

"물론이야."

처음에는 단순히 '거대한 늑대'를 진화시킬 수 있게 해주는 히든 피스 정도인 줄 알았다.

　　—진화를 위해, '태초의 힘'이 담긴 징표가 필요합니다.
　　—진화 재료에 따라 진화 결과가 달라질 수 있습니다.

하지만 시스템 창이 추가로 떠오를수록…….

'태초의 힘'이 담긴 징표 중에는 다음과 같은 종류가 존재합니다.

1. 태초의 징표

이안은 그런 평범한 진화가 아니라는 것을 깨달을 수 있었다.

다음의 징표 중 하나라도 보유 시 '거대한 늑대'를 진화시킬 수 있습니다.

진화에 성공 시 해당 징표에 담긴 힘에 걸맞는 '바르그(vargr)'의 핏줄로

진화할 수 있습니다.

'뭐지? 재료에 따라 진화 방향성을 선택할 수 있는 건가?'

카일란에서 소환수의 진화는 꽤 다양한 방법으로 이뤄진다.

평범하게 잠재력 조건과 레벨 조건이 충족되었을 때 진화되는 개체가 있는가 하면 특정 퀘스트나 NPC를 통해서만 진화시킬 수 있는 개체도 있었고.

또 어떤 개체는 진화를 촉진시키는 아이템을 사용해야 진화가 가능한 경우도 있었으니 말이다.

그리고 이안만큼 다양한 진화 루트를 아는 유저도 없었는

데, 그런 이안조차 이런 식의 진화는 처음이었다.

'제단이라는 매개체를 통해서 진화 재료를 사용해야 하고……. 어떤 진화 재료를 사용하느냐에 따라 완전히 다른 소환수로 진화할 수 있다라…….'

이렇게 되면 문제는 두 가지였다.

첫 번째 문제는 과연 이 태초의 힘을 담았다는 진화 재료들을 대체 어디서 수급해야 할지 알 수 없다는 것.

그리고 두 번째 문제는 이안의 완벽주의적인 성향(?)이 스멀스멀 피어오른다는 것.

'징표가 아홉 종류면…… 진화 가능한 루트도 아홉 종류라는 거 아냐?'

이 거대한 늑대의 진화 개체는 지금껏 카일란에 등장한 역사가 없다. 그 때문에 이안은 어떤 진화 트리가 가장 강력한지 알 길이 없었다.

그걸 알아내기 위해서는 아홉 종의 진화를 다 시켜 봐야할 터.

'미친……. 노가다 여기서 끝낼 수 있을 줄 알았는데, 더 해야 해?'

마음에 드는 개체를 아홉 마리 잡을 때까지 강제적으로 노가다 시간이 늘어난 것이다. 그래도 다행인 것은 이 '바르그의 제단'이라는 것에 이용 제한 시간 같은 것이 없다는 점이었다.

－'자격을 갖춘 자'라면 언제든 '바르그의 제단'을 다시 사용할 수 있습니다.

　그래서 이안은 다시 사냥터로 향했다.
　"지금까지 괜찮은 놈을 세 마리 정도 잡았으니까 여섯 마리만 더 잡으면……."
　뀨루룩!
　"좀만 더 힘내 보자, 베티."
　뀨룩!
　결국 던전 최초 발견 버프가 유지되는 5일을 꽉 채워서 쓰게 된 이안이었다.

<hr/>

　아토즈는 혼자 산다.
　카일란으로 돈을 벌기 시작한 이후 괜찮은 집을 얻어 독립하였고, 그렇게 혼자 살게 된 지도 벌써 일 년이 넘었다.
　그래서 아토즈의 집은 언제나 적막함 속에 캡슐 돌아가는 기계음만 울려 퍼지곤 했었다.
　그런 아토즈의 집이 오랜만에 북적이고 있었다.
　"이야, 다들 이게 얼마 만이냐."
　"그러게."

"오늘은 어떻게 게임 폐인들이 다들 시간을 내셨대?"

"이렇게 작정하고 약속 잡은 날 아니면 또 언제 모이겠어?"

"하긴 이렇게라도 안 하면…… 우린 영원히 오프 모임 못할 거야, 아마."

"크크크, 레온 오빠 말이 맞아. 오늘도 사실 아토즈 놈이 징징대서 파토 날 뻔했잖아?"

"아니, 누나! 내가 언제 징징댔다고 그래!"

오늘 아토즈의 집에 모인 인원들은 전부 카일란에서 아토즈와 친해진 인물들이었다. 좀 더 구체적으로 얘기하자면 카일란 독일 서버 랭커들의 모임이랄까?

물론 아토즈가 랭커는 아니었다. 그는 접기 직전까지도 '유망주' 정도의 포지션에 머물렀으니까.

다만 아토즈는 이 랭커 그룹의 핵심 멤버인 쌍둥이 게이머 '사라'와 '바네사'의 지인이었고.

그 덕분에 랭커가 되지 못했음에도 조금 일찍 이들과 친해질 수 있게 됐던 것이다.

"나한테 전화로 한 오십 번은 투덜댔잖아!"

"에이, 오십 번은 아니다."

"웃기시네. 최소 오십 번이거든?"

그래서 이들 그룹 중에서도 가장 아토즈와 친한 이들은 당연히 쌍둥이 자매.

"이번엔 봐 주자, 바네사. 우리 토즈, 루이사한테 뒤쳐져서 얼마나 스트레스 받겠어."

"으아아, 이 누나들이 진짜!"

"흐음…… 그럴까나? 하긴 실력이 부족하면 시간으로 때워야지. 이 너그러운 누나가 이해해 줄게, 아토즈."

"제기랄!"

두 사람은 이 그룹 안에서도 아토즈를 무척이나 좋아했는데, 아마 이 놀려 먹는 재미(?) 때문일 확률이 상당히 높을 것이었다.

"그나저나 토즈."

"왜."

"까칠하기는."

입술이 댓 발 나와서 대꾸하는 아토즈를 향해 바네사가 다시 입을 열었다.

"전에 네가 말했던 그 새로운 콘텐츠 말이야."

"새로운 콘텐츠?"

"왜, 있잖아. 그…… '신'과 관련된 콘텐츠라던 거."

"아하, 그거?"

퉁명스런 표정이던 아토즈는 바네사의 질문에 다시 신난 표정이 되었다.

사실 루이사가 비상식적으로 빠르게 치고 나간 것을 제외하면 아토즈는 아직까지도 손에 꼽을 정도로 빠른 페이스로 레벨 업 중이었고, 그게 가능한 가장 큰 이유가 바로 바네사가 지금 언급한 '사도' 콘텐츠였으니 말이다.

그 '히든 콘텐츠'를 오늘 모인 랭커들의 앞에서 자랑하고 싶었던 것.

"그러니까 이게 어떤 콘텐츠냐 하면……."

그래서 아토즈는 입에 침을 튀어 가며 한참 동안 자신의 무용담(?)을 늘어놓았고, 쌍둥이 자매를 비롯한 랭커들은 흥미롭게 그의 이야기를 경청하였다.

그런데 이야기가 어느 정도 흘러갔을 때.

바네사가 반사적으로 아토즈의 말을 끊으며 입을 열었다.

"잠깐만."

"왜, 누나?"

"너 방금 뭐라고 했어?"

"응? 내가 뭐라고 했는데?"

이번에는 사라가 물었다.

"방금 너…… '이안'이라고 하지 않았어?"

모임이 끝나고 아토즈는 다시 게임에 접속하였다.

원래는 밥만 먹고 나면 모임이 끝나든 말든 카일란에 접속해서 사냥터로 직행하리라 마음먹었지만, 오랜만에 반가운 사람들을 만나다 보니 결국 모임이 끝날 때까지 함께 웃고

떠든 것이다.

하지만 기분은 좋았다. 하루 종일 노가다 지옥에 빠져 있다가 리프레시가 된 기분이랄까?

'오히려 힘도 좀 나고……. 모임 안 빼길 잘했네.'

그래서 한층 기분도 좋아진 아토즈는 파이팅 넘치는 기세로 사냥터로 향했다.

그가 향한 곳은 당연히 삭풍의 고원.

한번 죽을 뻔한 위기를 넘긴 뒤 삭풍의 고원에서도 제법 사냥 속도가 붙은 아토즈였다.

'그래도 실수 한 번에 죽는 건 마찬가지지만…….'

삭풍의 고원에 도착한 아토즈는 몬스터들을 내려다보며 비장한 표정이 되었다.

사실 우연히 알게 된 보험 카드(?)가 아니었다면 삭풍의 고원 사냥은 포기했을지도 몰랐다.

아무리 레벨 업 속도가 빠르다 하더라도 그것이 다른 사냥터보다 압도적인 수준까지는 아니었고.

아토즈의 실수와 별개로 어떤 변수가 끼어들어 사망하기라도 한다면 배보다 배꼽이 더 큰 상황이 오게 될 테니 말이다.

하지만 생각지도 못했던 '신수 소환' 덕분에 여벌의 목숨이 생겼다. 진짜 위험한 순간 베티를 소환한다면 지난번처럼 살아남을 수 있을 터였다.

'신수 소환이 그렇게 쓸모 있는 능력인 줄은 몰랐지.'

그런데 신수 소환과 권능에 대해 떠올리자 아토즈의 머릿속에서는 자연스레 한 '녀석'의 거만한 얼굴이 떠올랐고.

그와 동시에 문득 사라와 바네사의 목소리가 떠올랐다.

정확히는 두 쌍둥이 자매가 '이안'이라는 이름에 보였던, 이상할 정도로 과민한(?) 반응이 떠오른 것이다.

　－너 방금 뭐라고 했어?

　－응? 내가 뭐라고 했는데?

　－방금 너…… '이안'이라고 하지 않았어?

　－응. 그랬지……?

이안이라는 단어가 아토즈의 입에서 나오자마자 거의 동시에 두 눈이 휘둥그레졌던 사라와 바네사.

　－이거 뭔가 느낌이 아주 싸한데……. 그렇지 않아, 바네사?

　－나도 그래, 언니.

　－싸하다니. 그건 또 무슨 말이야?

　－아니. 아토즈. 너 설마 이안을 모르는 건 아니겠지?

　－바보라서 모를 수도 있어.

　－아 진짜. 이 누나들이!

'아니, 내가 세계 랭킹 1위 이안을 모르겠냐고.'

아토즈는 이해가 되질 않았다.

얼마든지 유저 ID와 겹칠 수 있는 NPC의 이름을 듣고, 사라와 바네사가 대체 왜 그렇게까지 민감하게 반응했는지에 대해 말이다.

　-누나들이 말하는 그 이안은, 지금 중간계에 있잖아.

　-아마 그렇겠지?

　-그런데 내가 만난 이안이 대체 그 이안이랑 무슨 상관이야? 여기는 베리타스인데.

　-너도 원래 독일 서버에 있었잖아, 아토즈.

　-아니…… 나랑은 경우가 다르지.

　-뭐가 다른데?

　-나는 캐릭터 아예 초기화 한 케이스고……. 이안은 랭킹 1위 계정을 초기화할 이유가 없잖아?

아토즈의 머리로는 아무리 생각해도 그의 물주(?) 이안이 랭커 이안과 동일인일 수가 없었다. 그 어떤 의심을 해 보려 하더라도 모든 정황이 그것을 부정해 버리고 있었으니까.

'캐릭터를 초기화했을 리는 없고, 진짜 이안이 베리타스에 온 거라면 중간계와 이어지는 통로를 찾아서 왔을 수밖에 없는데…….'

이안이 베리타스로 이어지는 통로를 찾아서 본 계정으로 온 거라면 지난번에 봤던 전투력이 말이 안 된다.

이안의 지상계 레벨은 당연히 만렙일 것이었고, 그럼 화살이 아니라 손가락으로 툭 건드려도 이런 초기 지역 몬스터들은 전부 삭제돼야 정상이니까.

그래서 이런 이야기들을 해 봤지만…….

쌍둥이 자매는 여전히 고개를 절레절레 저었다.

물론 논리는 전혀 없었지만 말이다.

-흠, 그래도 이상한데…….

-맞아, 이상해.

-대체 뭐가 이상한데?

-그냥 이상해.

-네 이야기에서, 뭔가 이안의 냄새가 나.

-……그게 어떤 냄샌데?

-몰라, 이건 아주 복잡 미묘한 부분이라 설명이 힘들어.

-맞아, 힘들어.

-후우…….

두 자매와의 정신없는 대화를 잠시 떠올린 아토즈는 고개를 휘휘 저으며 상념을 떨쳐 내었다.

'진짜, 이 누나들은 헛소리하는 데에는 도가 텄다니까.'

어쩌면 자신을 놀리기 위해 또 새로운 빌드 업을 하는 것인지도 몰랐다.

'이번에도 당해 줄 순 없지.'

비장한 표정이 된 아토즈는 다시 옅어진 긴장감을 끌어 올리기 시작하였다. 딴생각을 하면서 사냥해도 될 정도로 '삭풍의 고원'이 만만한 사냥터는 아니었다.

다만 마지막으로 한 가지.

'그나저나 이안 이 녀석은…… 대체 어디서 뭘 하고 있는 거야?'

그가 모시는 '신' 이안이 어디서 뭘 하고 있는지 조금 궁금하기는 했다.

또 새로운 퀘스트도 언제 줄지 궁금했지만 그것이 아니더라도 조만간 한 번 만나야 할 때가 됐으니 말이다.

이제 녀석에게 진 빚을 갚아야 할 날이 다가오고 있었다.

5일이 지나고 하루가 더 지났다.

원래는 버프가 꺼지자마자 칼같이 던전을 클리어하려 했던 이안이었지만 결국 그의 결벽증(?)이 타협을 허락하지 않았다.

아홉 마리의 늑대들을 전부 만족할 만한 개체로 잡아내기 위해, 결국 하루를 더 써 버린 것이다.

"휴우, 그래도 이 정도면 만족할 수 있겠어."

사실 포획한 아홉 마리의 '거대한 늑대'들 중 이안이 이름까지 지어 준 녀석인 '쟈칸'보다 뛰어난 녀석은 없었다.

녀석의 능력치는 워낙 압도적인 수준이었으니까.

그래서 녀석의 능력치에 근접할 정도로 뛰어난 여덟 마리를 더 포획했다는 사실만 하더라도 진짜 어마어마한 노가다의 결정체라고 할 수 있었다.

'레벨도 진짜 많이 올랐네.'

최초 발견 경험치 버프를 풀로 당긴 덕에 레벨도 적잖이 올랐다.

지금 이안의 레벨은 무려 38.

'신격'과 경험치를 나눠먹었음에도 불구하고, 38레벨을 달성한 것이다.

심지어 신격 레벨 또한 본체의 레벨을 거의 따라잡았다.

띠링—!

—신격 레벨이 올랐습니다.

—신격 레벨이 30레벨이 되었습니다.

방금의 레벨 업으로, 본체의 레벨과 신격 레벨의 앞자리 수가 같아진 것이다.

그 덕분에 전투력도 어마어마하게 강력해졌다.

모르긴 몰라도 어지간한 50레벨대 유저 이상일 터였다.

"좋아, 이제 노가다는 끝! 이제 지긋지긋한 던전을 끝내보자고."

뀨루룩—!

베티의 머리를 한 차례 쓰다듬은 이안은 망설임 없이 성큼성큼 걸음을 옮겼다.

이제 그가 향할 곳은 정해져 있었다.

'보스 룸이 이쪽이었던 것 같은데…….'

이안이 이제껏 보스 룸을 공략하지 못했던 이유.

그것이 지난 5일 동안 말끔히 해소되었으니 이제 던전을 클리어할 때가 된 것이다.

5일 동안 이안은 포획, 사냥만 한 것이 아니었다. 던전 전체를 샅샅이 뒤지면서, 혹시 '징표'라는 것에 대한 단서가 있을지도 살펴보았는데, 별다른 히든 피스는 찾아낼 수 없었다.

"베티, 가자!"

뀨루루룩! 뀨룩!

뭔가 이제 더욱 말을 더 잘 알아듣는 것 같은 베티와 함께 이안은 빠르게 지하로 이동하기 시작하였고…….

　

－'괴물 늑대의 동굴' 지하 3층으로 이동하였습니다.

－'괴물 늑대의 동굴' 지하 4층으로 이동하였습니다.

–'괴물 늑대의 동굴' 지하 5층으로 이동…….

이윽고 보스 룸의 바로 앞에 발을 딛게 되었다.

'자, 이걸 이렇게 돌리면…….'

기이익– 기기깅–!

이안이 커다란 늑대 형상의 문양이 새겨진 석판을 시계 방향으로 돌리자 자줏빛 아지랑이가 거대한 바위 틈새로 흘러나오기 시작하였다.

고오오오–!

그 빛줄기가 점점 강해질수록 바위틈도 점점 크게 벌어졌다.

틈 안쪽을 향해 이안은 망설임 없이 걸음을 내디뎠다.

띠링–!

–'잊힌 늑대의 무덤'을 발견하셨습니다.

–고대의 괴물 늑대가 사납게 울부짖습니다.

–'잊힌 늑대의 무덤'에 입장하시겠습니까?

베리타스 서버 게시판은 아침 일찍부터 분주했다.

그 이유는 하나.

금일 국제 표준시 기준으로 00시부터 베리타스 서버의 서버 경매장이 오픈됩니다.

　시세 차익을 노리는 어뷰징과 사기 행각은 철저히 적발하여 강력한 징계가 내려지므로, 모험가 여러분께서는 각별히 유의해 주시면 감사하겠습니다.

　……후략……

바로 베리타스 서버에 드디어 경매장이 오픈됐기 때문이었다.

　-크아아아! 드디어 경매장이다!

　-진짜 이날만을 기다려 왔다.

　-현금 빵빵하게 준비했음. 템 쇼핑 한번 해 봅시다.

　-템 쇼핑은 무슨……. 서버 초기 아이템 가격 얼마나 비싼지 모르시죠?

　-어? 그래요?

　-아이템 가격만 비싼 게 아님. 골드 시세도 미쳤을 텐데. 아마 1만 골드에 막 5만 원씩 하고 그럴걸요.

　-에, 에이! 설마요. 한국 서버 기준으로 1만 골드가 3천 5백 원인데, 이제?

처음 카일란이 출시됐을 때의 경매장은 항상 인 게임에서

만 사용이 가능하였다.

하지만 웹으로도 경매장을 이용하고 싶어 하는 유저들의 수요가 무척이나 많았기 때문에 현재는 공식 커뮤니티에서도 경매장 이용이 가능하도록 기능이 만들어져 있었다.

그래서 커뮤니티 사람들은 모두 경매장 페이지에 모여 있었다.

그리고 경매장이 열린 직후.

띠링—!

　—경매장이 활성화되었습니다.
　—거래소가 활성화되었습니다.
　—환전소가 활성화되었습니다.

광기 어린 유저들의 클릭질이 시작되었다.

　—와, 진짜 사람들 다 대기타고 있었나?
　—미쳤네 ㅋㅋㅋ 서버 다운 안 되는 게 신기하다.
　—50만 골드 500만 원에 올린 사람 있던데, 제정신임?
　—님아, 그거 방금 팔렸어요.
　—잠깐……. 뭐라고요?

서버 초기의 골드는 수요에 비해 공급이 현저히 부족하다.

어차피 초반에 돈 써서 최고의 아이템으로 중무장을 하고 콘텐츠를 선점한다면 쓴 돈 이상으로 막대한 이득을 취할 수 있다는 생각이 유저들의 머릿속에 가득했으니까.

그래서 경매장 오픈 첫날, 베리타스 서버의 골드 시세는 뉴스거리가 될 만큼 천정부지로 치솟아 올랐다.

평균 환전 비율 (골드 : 원)

1 : 11.5

1 : 13.5

1 : 17

……중략……

1 : 55

1 : 72

무려 1만 골드에 72만 원.

심지어 아직도 더 오르는 중이었다.

-미친 것 같다, 진짜.

-이거 현금 플렉스할 생각할 때가 아니라, 당장 골드 벌러 가야겠는데?

-○○○ 골드 파밍해서 이 기회에 돈 좀 벌어야겠음.

-지렸다. 난 오늘 바로 알바 때려치움.

-나도 ㅋㅋㅋㅋㅋ

그리고 지금 이 시점, 그 누구보다 울상인 사람이 한 명 있었는데…… 그는 바로 방금 일어나 게시판에 들어온 '아토즈'라는 유저였다.

'잠깐, 이러면 거의 3만 유로잖아……?'

누군가에게 이미 50만 골드 이상의 빚을 진 지금 이 순간에도 그 빚이 조금씩 늘어나고 있는 아토즈.

"으아아아! 내 돈!"

한화로 약 4천만 원. 유로로 따지면 거의 3만 유로.

끽해야 몇천 유로 정도, 써 버리면 되리라고 생각했던 아토즈의 주머니에서 돈이 줄줄 새는 소리가 들리기 시작하였다.

※

이안은 당황했다.

"응……? 뭔가 이상한데."

-'포레스트 바르그'가 치명적인 피해를 입었습니다!

-괴물 늑대 '포레스트 바르그'가 죽음에 이르는 피해를 입었습니다!

-고유 능력 '숲의 성소'가 발동합니다.

-'포레스트 바르그'의 생명력이 25%만큼 회복됩니다.

　-'포레스트 바르그'의 물리, 마법 공격력이 15%만큼 증가합니다.

　……후략……

　　괴물 늑대의 동굴 보스 룸에서 만난, 무려 전설 등급의 몬스터인 '포레스트 바르그'.

　　그러나 이안에게는 이 전설 등급에 레벨도 60레벨이나 되는 녀석이…… 생각보다 너무 약하게 느껴졌으니 말이다.

　　사실 처음 입장할 때만 하더라도 이안은 무척이나 긴장한 상태였다. 등급과 레벨로 추정하건대 쉽지 않은 상대일 것이라고 생각했으니까.

　　하지만 결과적으로 녀석은 이안의 화살 앞에 15분 만에 뻗어 버렸다. 그만큼 버틴 것도 녀석이 가진 특별한 고유 능력인 '숲의 성소'라는 스킬 때문이었다.

　　"어후, 숲의 성소인지 뭔지…… 이거 상당히 까다로운 좀비 같은 능력이긴 한데……."

　　아마 이안의 딜이 충분하지 않았더라면 '포레스트 바르그'를 상대하는 건 꽤 어려운 일이었을 것이다. 이 숲의 성소라는 고유 능력은 피격당할 때마다 확률적으로 생명력을 회복하면서 자신의 공격력이 강해지기까지 하는 기술이었으니까.

　　하지만 문제는 이안의 화살 대여섯 발에 녀석의 생명력이 순식간에 깎여 나갔다는 점이었다. 그러니 이안으로서는 보스라는 느낌이 들지 않을 정도로 너무 쉬웠다.

　−'포레스트 바르그'를 성공적으로 처치하셨습니다.

아우우우−!

　−최초로 던전을 클리어하여 보상이 강화됩니다.
　−괴물 늑대의 이빨 장식(영웅) 장비를 획득하였습니다.
　−'숲의 징표'를 획득하셨습니다.
　−'대지의 징표 ×7'을 획득하셨습니다.
　−'바람의 징표 ×4'를 획득하셨습니다.
　−조건이 충족되었습니다.
　−던전을 클리어하였습니다!

　그래서 이안은 고민해야 했다. 정황상 이 포레스트 바르그라는 녀석도 '거대한 늑대'가 진화해서 도달할 수 있는 최종 진화 형태인 것 같은데, 이 녀석이 이렇게 약하다면(?) 사실 '거대한 늑대'를 키울 필요가 없는 건 아닌가 하고 말이다.
　'그냥 내가 센 건가? 원래 30레벨 대에 딜이 어느 정도 나와야 정상인 거지? 기억이 안 나네.'
　하지만 사실 포레스트 바르그가 약하다는 것은 이안의 착각에 불과했다.

이안은 지금 자신의 '신격 레벨'이 얼마나 강력한 위력을
발휘하는지, 그리고 거대한 늑대 노가다를 하며 추가로 얻은
'늑대를 지배하는 자' 칭호가 전투에 어떤 역할을 했는지에
대해 고려하지 않은 계산이었으니 말이다.

늑대를 지배하는 자

늑대 종과 관련된 칭호를 열 가지 이상 보유할 시 활성화되는 칭호입니다.

장착하지 않아도 모든 효과가 활성화되는 칭호입니다.

-현재 보유 중인 칭호

*늑대 전문가   *거대한 늑대 전문가

*늑대 연구가   *핏빛 전설의 구도자

*펜리르의 주인   *괴물 늑대 사냥꾼

……중략……

-칭호 효과

*모든 늑대 종과 친밀도를 쌓을 시 2배의 수치를 획득합니다.

*늑대 종족에게 피해를 입을 시 모든 피해가 12%만큼 감소됩니다.

*늑대 종족에게 피해를 입힐 시 모든 피해가 20%만큼 증폭됩니다.

*늑대 종 소환수와 전투 시 잠재력 획득량이 1.5배가 됩니다.

*모든 늑대 종 보스 몬스터에게 30%만큼의 추가 피해를 입힙니다.

……후략……

30레벨이 된 신격 레벨로 인해 지금 이안의 전투력은 50레

벨에 육박한다고 할 수 있었는데, 여기에 '늑대를 지배하는 자' 칭호 효과까지 더해지니 전설 등급의 포레스트 바르그도 힘을 쓸 수 없었던 것.

꼼꼼한 이안이 칭호 효과를 생각지 못한 이유는 간단했다.

'지배하는 자' 칭호는 하위 칭호를 얻을 시 자동으로 활성화되는 종류의 칭호였기 때문에, 칭호 상태 창을 확인하지 않는 한 인지하기 어려우니 말이다.

칭호만 수백 개를 가지고 있는 이안의 경우 정말 꼼꼼히 찾아보지 않는다면 알기 힘들었다.

'흠, 일단 징표라는 것도 총 열두 개나 얻었는데……. 카일란이 원래 이렇게 퍼 주는 게임이었나……?'

그래서 손쉽게 보스를 처치하고 던전을 클리어했음에도 불구하고 뭔가 얼떨떨한 기분이 된 이안.

하지만 이런 이안의 허무한(?) 기분을 알아주기라도 하듯, '괴물 늑대의 동굴' 던전의 콘텐츠는 여기서 끝이 아니었다.

뒷머리를 긁적이고 있던 이안의 눈앞에 흥미로운 메시지가 추가로 떠오르기 시작하였으니 말이다.

  -던전 보스 '포레스트 바르그'가 소멸되었습니다.
  -이제부터 던전 타입이 '인스턴스 던전(Instance Dungeon)'에서 '레귤러 던전(Regular Dungeon)'으로 변경됩니다.

인스턴스 던전이란 특정 유저 개인이나 집단을 위해 별도로 생성된 던전을 의미한다.

　그러니까 이안이 '괴물 늑대의 던전'을 공략하는 동안 이곳에는 아무도 들어올 수 없는 상태였다는 말이다.

　하지만 레귤러 던전의 경우 일반 필드와 다를 바 없다.

　평범한 사냥터처럼 누구나 자유롭게 들락거릴 수 있는 던전이 레귤러 던전이었으니까.

　-'괴물 늑대의 동굴' 던전을 최초로 클리어하여 '괴물 늑대의 주인' 칭호를 획득하셨습니다.

　-조건이 충족되었습니다.

　-앞으로 일주일 내에 보유한 소환수를 던전 보스로 등록할 수 있습니다.

　-공략자가 일주일 내에 보스를 등록하지 않는다면 던전은 다시 최초의 상태로 복원됩니다.

　그리고 이안의 눈은 순식간에 휘둥그레졌다. 전혀 생각지 못했던 새로운 콘텐츠가 쏟아져 나왔으니 말이다.

　'응……? 내 소환수를 보스로 등록할 수 있다고?'

　그래서 그는 더욱 꼼꼼히 메시지를 읽어 내려가기 시작하였다.

　-던전 보스를 등록할 시 던전 타입이 다시 인스턴스 던전으로

변경됩니다.

　–던전 보스를 등록할 시 등록한 보스가 공략당할 때까지 던전의 주인이 됩니다.

　–던전 보스를 등록할 시 보스로 등록된 소환수의 종에 따라 던전의 이름과 등장 몬스터들의 종류가 변경됩니다.

　*보스로 등록한 소환수의 레벨과 관계없이 던전에 등장하는 몬스터와 보스의 레벨은 동일하게 설정됩니다.

　메시지를 읽던 이안이 문득 고개를 갸웃하였다.

　한 가지 의문이 든 것이다.

　'잠깐, 무조건 보스 레벨이 60레벨로 설정되면 나중에는 너무 쉽게 공략당하는 거 아니야?'

　하지만 이안의 그 걱정(?)은 사실 괜한 것이라고 할 수 있었다. 아직 60레벨이 넘은 유저가 없기 때문에 알 수 없던 사실이었지만 이 던전은 60레벨 이상의 유저가 진입할 수 없었으니까.

　–보스가 던전 수성에 성공할 때마다 던전의 주인은 도전자의 성향에 맞는 '징표'를 얻을 수 있습니다.

　–보스 룸에서 사망한 도전자가 아이템을 드롭한다면 일정 확률로 던전의 주인이 획득하게 됩니다.

　–보스가 공략당한다면 던전의 타입이 다시 레귤러 던전으로 변

경되며 당신은 주인의 자격을 잃게 됩니다.

　─만약 공략에 성공한 유저가 새로 보스를 등록한다면 던전의 주인이 될 수 있습니다.

'아하, 징표 파밍을 이런 식으로 할 수 있게 해주네?'

싱거웠던 던전 난이도에 어리둥절했던 이안의 표정은 어느새 싱글벙글한 표정으로 바뀌어 있었다. 이것은 마치 정령계에서 재미를 봤던 '정령의 도장' 콘텐츠와 비슷한 느낌이었다.

　─던전 보스를 등록하시겠습니까?

하여 콘텐츠를 전부 이해한 이안은 그때부터 고민을 시작하였다.

'지금 보스를 등록한다면 베티를 등록해야 할 텐데…….'

희귀 등급에 불과한 베티보다는 더 강력한 소환수를 보스로 등록하고 싶었다.

하지만 베티보다 확실히 강한 소환수를 일주일 내로 얻는 것은 힘들어 보였으니 말이다.

'만약 이 숲의 징표라는 걸 사용해서 거대한 늑대를 진화시킨다면 베티보다 강력한 녀석을 얻을 수 있을까?'

거대한 늑대는 희귀 등급이었고, 녀석을 진화시키면 최소 유일 등급 이상의 소환수를 얻을 수 있을 터다.

하지만 그렇다 해도 베티보다 강력할 것이라는 확신은 없었다. 네임드 소환수인 베티는 사실상 탈희귀 등급의 전투 능력을 가지고 있었으니까.

'거기에 신수 등록으로 얻은 추가 능력치도 있고 권능까지 있으니······.'

잠깐 동안 고민하던 이안은 어렵지 않게 결정을 내렸다.

띠링—!

　

－소환수 '베티'를 던전의 보스로 등록합니다.

－던전의 명칭이 '괴물 베티의 동굴'로 변경됩니다.

'괴물 베티의 동굴'의 주인이 되셨습니다.

－이제부터······.

······후략······

　

보스 등록까지 마친 이안은, 어깨를 으쓱하며 속으로 중얼거렸다.

'뭐, 던전을 쉽게 뺏긴다고 하더라도, 다시 뺏어 오면 그만이니까.'

그리고 지금 이안이 해야 할 일을, 시스템 메시지가 다시 한 번 상기시켜 주었다.

　

－던전의 주인이 되었으므로, '바르그의 제단'을 언제든 사용할

수 있습니다.

"그래. 뭐 일단 진화부터 시켜 볼까? 징표도 총 열두 개나 얻었으니…… 적어도 한두 놈은 진화시킬 수 있겠지."

어느새 보스 룸에 나타난 '바르그의 제단'에 다가간 이안은 망설임 없이 제단 시스템을 오픈하였다.

그리고 잠시 후.

아우우우-!

띠링-!

　-'숲의 징표'를 사용했습니다.

　-'거대한 늑대'를 성공적으로 진화시켰습니다.

　-소환수 '거대한 늑대'가, '어스 울프'로 진화하였습니다.

이안은 유일 등급의 늑대 소환수, '어스 울프'를 새 소환수로 얻을 수 있었다.

✾

루이사는 오늘도 레벨 업 중이었다.

띠링-!

-레벨이 올랐습니다.

-49레벨이 되었습니다.

지금 그녀가 사냥 중인 사냥터는 여전히 삭풍의 고원.

다음 사냥터인 '창공의 고원'은 50레벨을 찍고 이동할 생각이었기 때문에 아직까지 삭풍의 고원에서 사냥 중이었던 것이다.

'최대한 빠르게 50레벨을 찍어야 해.'

레벨업 속도는 지금도 충분히 빨랐지만 한 가지 아쉬운 것이 있었다.

그것은 바로 얼마 전 맵에서 우연히 발견했던 '?? ??의 동굴' 던전.

만약 이곳을 들어갈 수 있었더라면, 그리고 이곳이 루이사가 최초로 발견한 던전이었더라면 그녀는 경험치 버프를 받아 50레벨을 넘어도 한참 전에 넘었을 것이었다.

하지만 결과적으로 그녀는 던전에 입장할 수가 없었다.

띠링-!

-조건이 충족되지 않았습니다.

-던전에 입장할 수 없습니다.

그리고 원래 사람의 심리라는 것이, 하지 말라고 하면 더

하고 싶고 알려주지 않으면 더욱 궁금한 법.

'대체 거기는 입장 조건이 뭐였을까?'

그래서 루이사는 오늘도 한참 삭풍의 고원에서 사냥을 하던 도중 슬쩍 던전 근처를 지나 보았다.

혹시나 오늘은 던전의 주변에서 어떤 단서를 찾을 수 있지 않을까 하는 기대를 가지고 말이다.

"입구가 저쪽이었던 것 같은데……."

하여 던전 주변의 몬스터들을 전부 사냥한 뒤 미련 넘치는 표정으로 던전의 입구에 접근한 루이사. 그런데 다음 순간, 루이사는 두 눈이 휘둥그레질 수밖에 없었다.

"어, 어어?"

분명 어제까지만 해도 굳건히 닫혀 있던 던전의 입구가 오늘은 활짝 열려 있었으니 말이다.

게다가 '?? ??의 동굴'이라고 명시되어 있던 던전의 이름도, 이제는 구체적으로 보여 주고 있었다.

-괴물 베티의 동굴

"미친!"

그래서 루이사는 걸음이 빨라질 수밖에 없었다.

그녀가 사냥하던 사이 누군가 던전의 비밀(?)을 밝혀내고 공략을 시작한 게 분명했으니 말이다.

전설로 다가가는 첫걸음

꽤 많은 일이 있었지만 어쨌든 던전 탐사(?)를 마친 이안
은 고고학자 도르무에게로 돌아왔다.

　　다행히 이번에는 그를 찾는다고 시간을 낭비할 필요가 없
었다. 그는 본인이 얘기했던 대로 소환술사 길드에서 이안을
기다리고 있었으니까.

　　"다녀왔습니다, 선생님."

　　"오오! 이안, 자네 왔는가."

　　"별일 없으셨지요?"

　　"허허, 나야 당연히 별일 없다네. 여전히 고대의 거인들에
대해 연구하고 있을 뿐이지."

　　이안을 무척이나 반갑게 맞아 준 도르무는 손에 쥐고 있던

장비들을 탁자에 가볍게 올려놓았다. 이어서 기대 넘치는 눈빛으로 이안을 응시하며 다시 입을 열었다.

고대 소환수들의 흔적에 빠져 있는 고고학자 도르무였에게 본인이 탐사하지 못했던 유적에 대한 내용이 기대되는 것은 너무 당연하였다.

"어땠는가, 내가 말했던 고대의 유적에 들어갈 수 있던가?"

이안이 고개를 끄덕이며 답했다.

"말씀하신 대로였습니다."

"오오, 역시!"

"그곳에는 특별한 핏줄을 가진 고대의 늑대들이 있었지요."

"시간이 제법 걸린 것을 보아하니 역시 꽤 위험한 던전이었군?"

"하, 하하. 확실히 위험하기는 했습니다."

도르무의 물음에 이안은 멋쩍은 표정으로 뒷머리를 긁적일 수밖에 없었다. 사실 시간이 오래 걸린 이유는 오로지 노가다 때문이었으니까.

'다이어 울프의 송곳니는 인벤토리에 수백 개도 넘게 쌓여 있고…… 첫날에 바로 보스를 트라이했어도 충분히 잡았을 테니까.'

도르무가 이안에게 주었던 전설의 흔적 I 퀘스트.

이것의 클리어 조건 두 가지는 '던전 클리어'와 '다이어 울프의 송곳니 획득'이었는데, 이안이 첫날에 처치한 다이어 울프와 스노우 다이어 울프만 해도 족히 수십 마리는 넘을 터였다.

"어찌 됐든 정말 고생했네."

"별말씀을요."

"그럼……. 내게 약속한 대로 고대 늑대들로부터 얻은 부산물을 공유해 줄 수 있겠는가?"

"물론입니다."

이안은 미리 준비해 뒀던 다이어 울프의 송곳니를 인벤토리에서 조심스레 꺼내 들었다.

이어서 이안의 손에 들린 거대한 송곳니를 발견한 도르무의 두 눈이 커다랗게 휘둥그레졌다.

"오오, 이것이……!"

거의 성인 남성의 주먹만 한 거대한 크기를 가지고 있는, 새하얗고 날카로운 다이어 울프의 송곳니.

놀라는 도르무를 향해 이안이 간결하게 설명을 덧붙였고.

"다이어 울프의 송곳니입니다. 괴물 늑대의 동굴에 서식하는 강력한 고대의 늑대 종이죠."

그와 동시에 퀘스트 클리어를 알리는 메시지가 눈앞에 주르륵 떠올랐다.

띠링—!

–조건이 충족되었습니다.

–전설의 흔적 Ⅰ 퀘스트를 성공적으로 완수하였습니다.

–클리어 등급 : B+

–새로운 신화를 획득합니다.

–〈전설을 쫓는 소환술사〉 신화를 획득하였습니다.

–경험치와 골드를 추가로 획득합니다.

–'주술사의 단검' 아이템을 획득하였습니다.

이안에게 떠오른 퀘스트 성공 메시지들과 별개로 도르무는 이안에게서 받은 송곳니를 돋보기로 관찰하기에 여념이 없었다.

그런 그를 슬쩍 응시한 이안은 타이밍을 재다가 다시 입을 열었다.

'이제부터 추가 보상을 한번 뜯어 볼까?'

이런 종류의 퀘스트를 수 없이 해 본 이안은 '도르무에게 필요한 것'을 더해 줄수록 보상이 늘어날 것임을 확신하고 있었던 것이다.

"어떻습니까, 도르무 님."

"어떻기는. 최고일세!"

"그런가요?"

"이렇게 품질이 좋은 송곳니라니……. 게다가 완전히 처음 보는 늑대 종의 송곳니가 분명해!"

새로운 연구 거리에 신이 난 도르무는 시선을 그대로 송곳니에 꽂아 둔 채 이안을 돌아보지도 않았다.

이어서 그런 그의 앞으로 다가간 이안은 소환수 한 마리를 슬쩍 소환하였다.

위잉-!

－소환수 '거대한 늑대'를 소환하였습니다.

하지만 소환수가 소환되었음에도 알아차리지 못할 정도로 집중한 것인지, 여전히 돋보기에서 눈을 떼지 못하고 있는 도르무.

이안은 소환한 거대한 늑대를 움직여 도르무의 앞에 슬쩍 머리를 들이밀게 했다.

"그럼 이 녀석은 어떻습니까?"

"허억……!"

"유적 안에 서식하던 늑대 종을 제가 포획해 왔는데…….
혹시 도르무 님의 연구에 더 큰 도움이 되지는 않을까요?"

얼마나 놀란 것인지 도르무는 의자째로 뒤로 벌러덩 넘어 갈 뻔하였고.

"조, 조심하세요."

이안이 반사적으로 의자를 잡아 주자, 자리에서 벌떡 일어 나 다시 한번 거대한 늑대를 응시하였다.

"아니! 이럴 수가……!"

도르무는 입을 쩍 벌린 채 말을 잃었다.

그로서는 이안이 아예 고대의 늑대 종을 포획해 올 거라고는 기대도 하지 않았으니 말이다.

"확실히 고대 늑대 종이지요?"

"이안! 자네 정말 대단하군!"

눈빛이 초롱초롱해진 도르무는 이안이 소환한 거대한 늑대를 이리저리 살피느라 정신없이 움직였다.

그리고 도르무가 그렇게 감탄하는 동안 이안의 눈앞에 예상을 벗어나지 않은 추가 시스템 메시지들이 떠올랐다.

띠링─!

　─고고학자 도르무가 크게 감탄하였습니다.

　─'고고학자 도르무'와의 친밀도가 20만큼 증가합니다.

　─5만 골드를 추가로 획득하였습니다.

　─명성을 3,000만큼 획득하였습니다.

　……중략……

　─'전설의 흔적 Ⅰ' 퀘스트의 클리어 등급이 B+에서 A─로 상향 조정됩니다!

　─경험치와 골드를 추가로 획득하였습니다!

역시나 추가 보상들은 꽤 짭짤한 수준이었다.

명성 같은 것은 이안에게 별 의미 없는 부분이었지만 골드나 경험치량만 하더라도 꽤 컸으니까.

하지만 이안은 여기서 만족할 수 없었다.

'역시 여기까지는 카일란 좀 했으면 누구나 달성할 만한 수준이니, 추가 보상이 그렇게 특별하진 않네.'

그래서 잠시 뜸을 들인 뒤 준비한 '히든카드'를 꺼내 들었다.

"그런데 그거 아세요, 도르무 님?"

"음? 뜬금없이 그게 무슨 말인가?"

"제가 유적에서 데려온 소환수는 이 녀석으로 끝이 아닙니다."

"그, 그게 무슨……!"

"고대의 유적을 활용해서 이 녀석을 진화시키는 데까지 성공했다면……."

"……!"

"믿으시겠습니까?"

이안의 히든카드는 다름 아닌 어스 울프.

보스를 처치하고 얻은 '숲의 징표'를 활용해 '거대한 늑대'를 진화시켜 얻어 낸 '어스 울프'가 말 그대로 추가보상을 쓸어 담기 위한 히든카드였던 것이다.

거대한 늑대라면 사실 소환술사 클래스의 경우 누구나 포획해 올 만한 녀석이었지만.

이 '어스 울프'는 이안이 아니었더라면 누구도 얻어 내지 못했을 만한 특별한 녀석.

우우웅―!

―소환수 '어스 울프'를 소환하였습니다.

이 녀석과 마주한 도르무는 말 그대로 황홀한 표정이 되어
버렸으며…….

"이안! 자네……!"

"넵?"

"이……렇게 귀한 고고학 자료들을 정말 내게 전부 공유해
주는 겐가?"

"물론입니다."

띠링―!

이안의 눈앞에는 새로운 시스템 메시지들이 봇물처럼 쏟
아지기 시작하였다.

> ―'전설의 흔적 Ⅰ' 퀘스트의 숨겨진 목적을 달성했습니다.
>
> ―달성한 신화 목록에 〈전설을 복원한 자〉 신화가 추가되었습니다.
>
> ―신격 레벨이 상승하였습니다!
>
> ―'바르그의 이빨 장식 대궁(영웅)' 장비를 획득하셨습니다.
>
> ―20만 골드를 추가로 획득하셨습니다.
>
> ……중략……
>
> ―'전설의 흔적 Ⅰ' 퀘스트의 클리어 등급이 A―에서 SS로 상향

조정됩니다!

　－고고학자 도르무와의 친밀도가 MAX가 되었습니다.

　　　　　　　　　　　　❲×❳

　퀘스트를 완수한 이후 이안은 한동안 도르무에게 시달려야 했다.

　"그러니까 자네가 복원해 온 이 소환수들이 얼마나 대단한 녀석들이냐면……."

　"숲의 징표라니, 태초의 힘이 담긴 징표를 품은 몬스터가 있을 줄은 꿈에도 몰랐군."

　"자네 덕에 내 연구가 몇 배는 진척된 듯하네."

　"정말 놀라워. 놀랍다고!"

　마치 마계에서 이안의 절친(?)이었던 NPC 세르비안만큼이나 수다스러운 성향이었던 도르무는, 이안을 붙들고 무려 20분이 넘도록 이야기를 쏟아 낸 것이다.

　물론 그 이야기들 중에는 도움이 되는 정보도 많았기에 집중해서 그 이야기를 끝까지 경청한 이안이었지만…….

　'으, 힘들어.'

　그것과 별개로 고역인 건 어쩔 수 없었다.

　어느 정도 이야기가 일단락될 때쯤이 되자 진이 쭉 빠져나가 버린 것이다.

'그래도 도르무 정도면 꽤 중요도 높은 NPC니까……. 최상급 친밀도를 유지하면 장기적으로 나쁠 게 없지.'

이안이 도르무의 이야기에 집중한 이유는 또 있었다.

'바르그의 제단'에서 거대한 늑대를 진화시키는 과정에서 의아한 부분들을 몇 가지 발견했는데, 혹시 그것들에 대한 단서가 도르무의 이야기 속에 있을지도 모른다고 생각한 것이다.

"그러니까 이 '어스 울프'라는 녀석이 거대한 늑대에게 숲의 징표를 먹여서 진화시킨 녀석이라는 거지?"

"그렇습니다, 도르무 님."

"다른 종류의 징표를 가지고 바르그의 제단이라는 곳에 가면, 또 다른 루트로 진화도 가능하고?"

"정확합니다."

이안이 발견한 의아한 부분은 두 가지였다.

첫째로 이안이 얻은 '징표'들 중 숲의 징표 말고 다른 징표들은 진화에 사용할 수 없었다는 점.

　－'태초의 힘'이 담겨 있지 않은 징표입니다.
　－'거대한 늑대'가 징표의 힘을 거부합니다.

그리고 두 번째는 바르그의 제단에 새겨져 있던 의미심장한 문구.

태초의 힘을 온전히 삼킨다면 신격을 얻을 수 있으리라.

이것들에 대한 어떤 단서를 도르무를 통해 찾아보려 한 것이다.

"하지만 이 징표들은 거대한 늑대의 진화에 사용할 수 없었습니다."

"흐음, 이것은 대지의 징표와 바람의 징표로군."

"그렇습니다."

그리고 도르무는 역시 이안의 의문들을 해결하는 데 큰 도움이 되었다.

"이것들은 당연히 사용할 수 없었을 것이라네."

"어째서 그렇죠? 이것들도 같은 징표 아닙니까?"

"자네가 보여 준 이 징표들은 원소의 징표."

"……!"

"태초의 힘이 담긴 고대의 징표와는 조금 다른 물건들이지."

도르무는 이미 오래 전부터 이 태초의 힘과 징표에 대해 연구해 왔다고 하였다.

이 원소의 징표라는 것을 이용하면 소환수에게 더욱 강력한 힘을 부여할 수 있다는 사실을 알아냈고.

그중에도 '태초의 힘'을 담은 징표는 고대의 소환수들과도 밀접한 연관이 있다는 사실을 고문서에서 찾아냈던 것이다.

"사실 최근에 이 원소의 징표가 가진 근원의 힘을 추출해서 태초의 힘을 복원해 내기 위한 연구를 하고 있었는데…….”

“오오!”

“아직까지 성공하진 못했다네.”

“아, 아쉽네요.”

“하지만 충분히 가능성은 봤다고 할 수 있지.”

하여 도르무의 이야기들을 쭉 들은 이안은 어느 정도 머릿속에 콘텐츠에 대한 가닥이 잡히는 것을 느꼈다.

‘그러니까 정리하면……. 이 원소의 징표들을 조합해서 태초의 힘이 담긴 징표를 만들어 낼 수 있다는 얘긴 것 같은데…….’

이안이 진화에 성공했던 ‘어스 울프’는 진화 후에도 또 제단에서 진화가 가능했다.

다만 이안에게는 ‘숲의 징표’가 하나뿐이었기에 더 이상 진화시키지 못했던 것.

그래서 이안은 본능적으로 알 수 있었다.

도르무의 연계 퀘스트를 더 진행하여 ‘태초의 징표’를 더 얻을 수 있다면 이 어스 울프를 던전에서 만났던 전설 등급의 몬스터 ‘포레스트 바르그’까지도 진화시킬 수 있을 것이라고 말이다.

‘재밌는데?’

게다가 한 가지 더.

“그리고 고문서에 따르면 말일세.”

“경청하겠습니다.”

"태초의 힘을 담은 징표들 중에서도 '태초의 징표'라는 것이 가장 강력한 힘을 가진 징표라고 하더군."

새로운 목표도 하나 얻을 수 있었다.

'태초의 징표라는 걸 얻으면 곧바로 쟈칸에게 써 보면 되겠는데?'

이안이 테이밍한 '거대한 늑대'들 중에서도 압도적으로 능력치와 잠재력이 좋아 이름까지 붙여 준 소환수인 쟈칸.

녀석을 어떤 징표로 진화시키면 좋을지에 대해서도 도르무를 통해 알 수 있었던 것이다.

그래서 어느 정도 첫 번째 의문이 풀린 이안은 이제 슬슬 두 번째 의문에 대해 이야기를 꺼내었다.

"그럼 도르무 님."

"말씀하시게."

"그 바르그의 제단에 새겨져 있던 문구가 하나 있는데, 그것을 좀 해석해 주실 수도 있을까요?"

"오오, 그 문구라는 게 뭔가?"

"태초의 힘을 온전히 삼킨다면 신격을 얻을 수 있으리라."

"……!"

그리고 이안의 그 이야기를 들은 도르무의 두 눈이 다시 천천히 확대되기 시작하였다.

휘둥그레진 눈을 한 도르무가 이안을 향해 다시 물었다.

"자네, 대체 그 문구를 어디서 본 겐가?"

"바르그의 제단에 새겨져 있었다니까요?"

"아, 그렇지……! 미안하네, 내가 정신이 없어서."

"괜찮습니다."

도르무는 무슨 일인지 허둥지둥했다.

마치 갑작스레 급한 일이 생긴 사람처럼 말이다.

"혹시 내게 시간을 조금만 줄 수 있겠는가?"

"얼마든지요."

"그럼 잠깐만…… 잠깐만 기다려 주시게."

이어서 뭐라 뭐라 중얼거리면서 자신의 서재를 미친 듯이 뒤적이기 시작하였다.

그리고 이안은 그 모습을 흥미롭게 지켜보았다.

'갑자기 왜 저러는 거지?'

물론 이안이 기억해 온 문구가 도르무가 연구하는 고고학에 아주 큰 단서를 제공한 것일 수는 있다.

퀘스트의 흐름상으로도 충분히 가능성 있는 일이었으니 말이다.

하지만 도르무의 반응은 그 이상이었고 그래서 이안은 더욱 기대되었다.

단순히 고고학을 통해 '핏빛 갈기 늑대'의 혈통을 찾는 퀘스트인 줄 알았던 '전설의 흔적 Ⅰ' 퀘스트의 스케일이 점점 더 커지고 있는 것 같았으니까.

'이번엔 뭐가 튀어 나오려나…….'

이안은 도르무가 하는 양을 느긋하게 지켜보았고.

잠시 후 낡고 퀴퀴한 양피지 한 장을 찾아낸 도르무가 그것을 이안의 앞으로 가져왔다.

이어서 자연스레 그 위로 시선이 향한 이안의 눈에 양피지 맨 위에 쓰여 있는 색 바랜 글씨가 들어왔다.

"멸망의 서……?"

그리고 이번에는 이안의 동공도 살짝 확대되었다.

'뭐가 이렇게 거창해?'

도르무의 반응으로 보아 뭔가 범상치 않은 물건이 튀어나올 줄은 알았지만 그 예상보다도 훨씬 더 거창한 것이 튀어나왔으니 말이다.

이안은 설명을 바라는 눈빛으로 도르무를 응시하였고, 그와 눈이 마주친 도르무가 천천히 입을 열기 시작하였다.

"이안, 혹시 어둠의 대륙 글라시아에 대해 알고 있는가?"

"글라……시아요?"

"이 베리타스의 북쪽 끝에 있는, 어둠에 잠긴 대륙이지."

"오……?"

"지금은 아무도 살지 않지만, 과거에는 트론이라는 북부 제국이 존재했던 곳이기도 하네."

도르무의 이야기를 듣던 이안이 고개를 갸웃하며 다시 물었다.

"북부 제국 트론이라……. 그곳이 제가 말했던 문구와 관련이 있나 보죠?"

도르무는 고개를 끄덕이며 대답하였다.

"자네가 말한 그 문구가 바로 북부 제국의 멸망과 관련된 설화에서 나오는 내용이거든."

"음......?"

"여기 이 멸망의 서가 바로 '글라시아'와 '북부 제국 트론' 의 멸망 설화를 담은 고대의 유물이지."

도르무는 양피지를 이안에게 건넸다.

그것을 받아 든 이안은 천천히 읽어 내려가기 시작했다.

'이 정도면 세계관과도 연동되는 퀘스트인 것 같은데?'

퀘스트의 스케일이 크면 클수록 그것에서 돌아오는 보상 은 당연히 더욱 짭짤한 법. 그래서 양피지를 읽어 내려가는 이안의 눈빛에는 기대감이 잔뜩 담겨 있었다.

글라시아에 어둠이 내렸다.

더 이상 글라시아에는 태양이 뜨지 않았고, 달 또한 뜨지 않 았다.

글라시아를 비추던 모든 빛이 사라졌으며, 빛이 있던 자리에 는 어둠이 가득 들어찼다.

원래도 추웠던 날씨는 더욱 잔인해져 혹한의 지옥이 되었 으며.

그것이 멸망의 시작이었다.

도입부를 읽은 순간 이안의 기대감에 흥미가 더해졌다.

'뭐야, 이거 재밌잖아?'

시작부터 거창한 이 '멸망의 서'에 담긴 스토리가 뭔가 그럴싸했으니 말이다.

북부 제국은 신들에게 버려졌고, 사람들은 모두 절망하였다.

지금껏 삶을 지키기 위해 마인들과 싸워 왔던 그들은…… 이제 추위 그리고 기근과 싸워야 했다.

사람들의 긍지이자 자부심이었던 트론 제국도 이제는 아무런 의미가 없었다.

세상의 종말 앞에서 모든 규칙과 도덕, 이성적인 가치들은 사라져 갔다.

멸망의 서에 담긴 내용은 생각했던 것보다 훨씬 많았다.

하지만 이 안에 어떤 콘텐츠에 대한 단서가 있을지도 몰랐으며 그 내용 자체가 흥미롭기도 했으니.

이안은 시간 가는 줄 모르고 열심히 정독하였다.

멸망의 앞에 선 사람들은 신을 원망하였다.

그들을 버린 신을 증오하고 저주하였다.

중간에 궁금한 부분들이 있으면 도르무에게 물어보기도 했다.

"그런데 도르무님."

"말씀하시게."

"북부 대륙은 왜 신에게 버림받은 겁니까?"

"버림받은 곳은 북부 대륙뿐만이 아니잖은가."

"음……?"

"이 세계, 베리타스 자체가…… 신들에게 버림받은 땅이니까."

사실 궁금한 것은 한두 가지가 아니었다.

아직 베리타스의 세계관은 대부분 베일에 싸여 있었으니 말이다.

"그…… 제가 고대사를 잘 몰라서 그런데요, 이 세계는 왜 신들에게 버림받은 건가요?"

"그건…… 사실 굳이 따지자면 베리타스의 인간들과 마족들이 먼저 신을 거역한 거라고 하더군."

"네……?"

"이 부분을 다 설명하려면 꽤 긴 이야기가 될 테니……. 일단 그 멸망의 서부터 마저 읽으면 얘기하지."

"아, 알겠습니다."

멸망의 서에는 당시의 상황이 정말 생생하게 기록되어 있었다. 마치 게임 속의 역사가 아닌 실제 설화 속의 이야기처럼 디테일하고 선명하게 말이다.

그래서 이안은 제단에서 봤던 문구를 찾으려던 원래의 목적조차 잊어버린 채 멸망의 서를 몰입해서 읽어 내려갔다.

그러던 어느 날, 트론 제국의 신단에 신탁이 내려왔다.
그것은 멸망이 시작된 이후 처음 있는 일.
신탁은 이렇게 이야기했다.

그 문구를 읽고 잠시 후.

태초의 힘을 갈망하는 이들이, 글라시아의 태양과 달을 삼켰느니라.

드디어 제단에 새겨져 있던 그 문구를 발견할 수 있었다.

그들은 태초의 힘을 온전히 삼킨다면 신격을 얻을 수 있으리라 생각하노니.
태양을 삼키고 달을 삼켜, 그들이 원하는 바를 이루고자 하였느니라.

문구를 발견한 이안이 고개를 들자, 눈이 마주친 도르무가 천천히 입을 떼었다.

"나는 그렇게 생각했다네."

"네?"

"그 신탁이야말로 글라시아의 모든 인간과 마족을 멸망시킨 결정적인 사건이었다고 말이지."

"어째서 그렇죠?"

"그 신탁에서 얘기하는 태초의 힘을 갈망하는 이들……. 그들이 누구인지 아는가?"

"잘 모르겠습니다."

"그들이 바로 북부 대륙 신화 속에 존재하는 고대의 늑대들이라네."

"……!"

"고대의 문헌에 따르면 북부 대륙의 늑대들은 글라시아에서 살아가는 인간의 친구이자 마족들의 동반자였지. 춥고 황량한 글라시아에선 선천적으로 추위에 강한 늑대 종들이 모든 생활에 큰 도움을 주었으니까."

이안은 가만히 도르무의 다음 말을 기다렸다.

도르무의 주름진 입이 다시 천천히 떼어졌다.

"태양과 달이 없어진 이유가 늑대들 때문임을 알게 된 인간들이 어떻게 행동했을까?"

"그들을…… 증오하지 않았을까요?"

"바로 그렇다네. 멸망의 서에도 나와 있듯 말이지."

도르무의 이야기를 듣던 이안의 시선이 자연스럽게 다시

양피지를 향해 돌아갔다.

그리고 그 아래에는 이러한 글귀가 덧붙어 있었다.

　신탁으로 인해 멸망의 원인을 늑대들에게서 찾은 인간들과
마족들은 그들의 친구였던 늑대들을 사살하기 시작하였다.

　……중략……

　그리고 늑대들과 척지게 된 인간들과 마족들은 더 이상 글라
시아에서 살아갈 수 없게 되었다.

　그렇게 글라시아는 폐허밖에 남지 않은 죽음의 대지가 되
었다.

이안의 머릿속이 빠르게 회전되기 시작하였다.

이 멸망의 서라는 것으로 알게 된 '글라시아'라는 대륙의
히스토리는 상당히 방대한 것이었지만.

그 안에서 분명 지금 이안이 진행 중인 퀘스트와 연결점을
찾아낼 수 있었던 것이다.

"그럼 이 북부 대륙 설화 속 고대의 늑대들이 바로……?"

"그렇지. 자네가 이번에 '괴물 늑대의 동굴'에서 만났다는
거대한 늑대들과 다이어 울프들…… 그리고 '바르그'라는 그
괴물 늑대 종이 아마도 그들이 이 설화 속의 늑대들이 아닌
가 싶네."

"……!"

"어쩌면 이 괴물 늑대의 동굴이…… 인간들과 마족들의 학살을 피해 남하한, 설화 속 늑대들의 마지막 후손인지도 모르겠군."

도르무와의 대화가 이어질수록 퀘스트의 방향성이 조금씩 드러났다.

"그리고 북부 설화 속 늑대들이 태초의 힘을 원하는 건 신화적인 늑대 종인 '펜리르'가 되고 싶어서였다고 알고 있지."

'전설의 흔적' 퀘스트의 목적은 결국 펜리르의 혈통을 가진 늑대를 찾아내는 것이다.

때문에 도르무의 말대로라면…….

"그 '글라시아'라는 북부 대륙에 가면 펜리르에 대한 단서를 더 찾아볼 수 있겠군요?"

"아무래도 그렇지 않을까 싶네. 이제 어둠의 대륙이 된 글라시아에 사는 사람은 아무도 없지만…… 아직도 그곳에 늑대들이 존재한다고 알고 있거든."

'전설의 흔적' 퀘스트가 이어지는 다음 행선지는 바로 북부 대륙 글라시아일 것이었다.

"자네 덕에 보게 된 이 고대의 늑대 종이 북부 대륙의 설화 속 그 늑대들이었다니…….."

도르무가 감격에 찬 표정으로 다시 말을 이었다.

"비록 더 이상의 연구를 진행하는 것은 불가능해졌지만 나는 만족스럽다네, 이안."

이안이 의아한 표정으로 물었다.

"왜 이 이상의 연구가 불가능한가요?"

"그야 당연히 더 이상의 연구는 위험하기 때문일세."

"예……?"

"이 이상의 단서를 찾아내기 위해서는 글라시아로 가야 할 텐데……. 그곳이 괜히 죽음의 땅이라고 불리는 게 아니거든."

도르무의 말을 듣던 이안은 반사적으로 월드 맵을 열어 보았다.

그리고 맵의 최북단.

새하얀 눈과 얼음으로 덮인 '글라시아 대륙'의 정보를 열어보았다.

글라시아 대륙

레벨 제한 : 150

적정 레벨 : 250

정보 : 잠김

이어서 저도 모르게 실소를 흘린 이안이, 도르무를 향해 다시 입을 열었다.

"제가 한번 가 보죠, 뭐."

"뭐라고?"

"죽음의 땅이라고 해도, 결국 춥고 어두운 것밖에 더 있겠습니까?"

이미 초월 레벨도 세 자릿수를 육박했던 이안에게 적정 레벨 250 정도의 필드는 우습게 느껴지는 것이 당연했으니 말이다. 하지만 그러한 사실을 모르는 도르무는 떨리는 목소리로 재차 물었고.

"자네, 진심인가?"

"물론입니다."

"……!"

"당장은 쉽지 않겠지만 조만간 준비해서 가 보도록 하죠."

이어지는 이안의 확신에 찬 대답에 더욱 감격스러운 표정이 되었다.

"자네의 모험심은 정말 믿기 힘들 정도로군."

"하, 하핫! 별 말씀을요."

"하긴 그 강력하다고 알려진 고대 북부의 늑대 종을 테이밍했을 정도면…… 애초에 보통 실력자는 아니었겠지."

"과찬이십니다."

그리고 도르무의 말이 끝나기가 무섭게 새로운 시스템 메시지가 이안의 눈앞에 떠올랐다.

띠링-!

─조건이 충족되었습니다.

–'전설의 흔적 II' 퀘스트를 획득하였습니다.

"내가 원래 이것까지 오픈할 생각은 없었네만……."

"네?"

"자네에게는 특별히 내가 연구 중이던 '고대의 비전'을 알려 주도록 하지."

"비전이라면……?"

"이쪽으로 따라와 보시게. 어쩌면 이 또한 펜리르의 흔적을 찾는 데에 도움이 될지도 모르겠군."

루이사는 신이 났다.

"크, 무슨 이런 꿀 같은 던전이 다 있어?"

삭풍의 고원 깊숙한 곳에 숨겨져 있는, 히든 던전이 분명한 '괴물 베티의 동굴' 던전.

이곳에 들어온 지 이제 반나절 정도밖에 안 지났는데 벌써 경험치를 절반도 넘게 채웠으니 말이다.

스르릉–!

–고유 능력, '패력의 검풍'을 발동합니다.

–'무력'능력치에 비례하여 신체가 가속됩니다.

－일시적으로 모든 공격 속도가 35%만큼 증가합니다.

－일시적으로 이동속도가 35%만큼 증가합니다.

－지속 시간 동안 모든 움직임이 5%만큼씩 지속적으로 가속됩니다.

이 괴물 베티의 동굴이라는 던전에서는, 50레벨에 근접하는 박쥐류의 몬스터들이 등장한다.

아무런 수식어가 없는 일반 박쥐부터 시작해서 굶주린 흡혈 박쥐, 그리고 어둠 박쥐까지.

－순간 이동속도와 공격 속도에 비례하는 위력을 가진 검풍이 사방으로 뻗어 나갑니다.

촤아아아－!

－'굶주린 흡혈 박쥐'에게 치명적인 피해를 입혔습니다!

－'굶주린 흡혈 박쥐'을 성공적으로 처치하였습니다!

－'어둠 박쥐'를 성공적으로 처치하였습니다!

……후략……

그리고 이 박쥐 녀석들의 전투력은 삭풍의 고원을 가득 채운 몬스터들의 하위 호환 같은 느낌이었는데, 이것이 바로 루이사에게 꿀 같은 던전인 이유였다.

슈로글 등과 비슷한 비행 몬스터이면서 속도는 더 빠른 대신 공격력은 약한데, 맷집은 훨씬 더 약한 느낌의 전투 타입을 가진 박쥐들.

이 녀석들은 폭발하는 검풍 한 방에 아슬아슬하게 처치될 정도의 생명력을 가지고 있었고, 그 덕에 삭풍의 고원보다 더 빠른 사냥이 가능했다.

광역 스킬 한 방에 깔끔하게 한 방이 나오는 것과 조금이라도 추가적인 딜을 넣어야 하는 것 사이에는 큰 차이가 있었던 것이다.

"차핫!"

퍼버벙-!

물론 박쥐들의 등급과 전투력이 낮은 만큼, 경험치나 재화 드롭 수준은 슈로글보다 조금 떨어졌다.

하지만 중요한 것은 삭풍의 고원보다도 훨씬 더 개체 수가 많은 데다 박쥐들은 덩치도 조그맣다.

유사 피닉스라고 불리는 유일 등급의 슈로글류와 비교하면 덩치가 1/10정도밖에 되질 않는 것이다.

그러니 어그로 컨트롤만 잘하면 수십 마리를 좁은 공간 안에 몰아넣을 수도 있다.

"이쪽이다, 요 녀석들!"

하여 잘 차려진 밥상 위에 패력검을 슬쩍 올려놓기만 하면…….

- –'패력검'에 바람의 힘이 한계까지 충전되었습니다.
- –강렬한 바람의 힘을 방출합니다.
- –'박쥐'를 성공적으로 처치하였습니다!
- –'어둠 박쥐'를 성공적으로 처치하였습니다!
- ……후략……

시스템 메시지만 봐도 행복할 정도로 수많은 경험치가 쏟아져 들어왔다.

'이거지! 으히히……! 이 맛에 사냥하지!'

그리고 이렇게 꿀 같은 사냥을 하고 있어서인지 루이사는 던전의 제한 시간이 야속했다.

–남은 제한 시간 : 04 : 52 : 33

보스 클리어까지 여섯 시간밖에(?) 제한 시간을 주지 않는 야속한 괴물 베티의 동굴. 인스턴트 던전이기에 한번 클리어하면 다시 들어올 수 있다는 보장이 없었으니 루이사는 이 짧은 시간이 더더욱 아쉬웠다.

"여기 나가기 전에 50레벨은 찍고 싶은데……."

그와 동시에 배도 아팠다.

최초 발견 버프를 받지 못한 자신도 이렇게 꿀을 빨고 있는데, 자신보다 먼저 히든 피스를 풀고 이 던전에 들어온 누군가는 얼마나 더 달콤한 꿀을 빨았을 것인가?

만약 이 모든 경험치가 두 배였다고 생각하면 그것은 황홀 그 자체일 것이었다.

'보스 룸 난이도가 얼마나 어려울지는 모르겠지만……. 30분은 남기고 입장해야겠지.'

제한 시간 내에 보스까지 클리어하지 못하면 도전자는 사망하게 된다.

모든 인스턴스 던전이 그런 것은 아니었지만 이 '괴물 베티의 동굴'을 포함한 많은 인스턴스 던전들의 구조가 그렇게 만들어져 있었다.

　

　-클리어 조건 : 제한 시간 내 보스 처치

　-조건 달성 실패 시 던전은 붕괴됩니다.

　

그래서 결국 루이사는 아쉽게도, 50레벨을 조금 남겨 둔 채 보스 룸에 들어갈 수밖에 없게 되었다.

한 20분 정도 더 사냥을 하면 50레벨을 찍을 수도 있겠지만, 그랬다가 던전 클리어에 실패하기라도 하면 지금까지 얻은 경험치를 전부 잃는 것은 물론, 하루를 추가로 날려 버려야 할 테니까.

"휘유, 클리어해도 다시 들어올 수 있는 던전이면 좋겠는데……"

루이사는 그런 기대를 하며, 천천히 보스 룸 안으로 들어섰다.

　－괴물 베티의 동굴의 보스 룸으로 이동합니다.
　－보스를 처치하거나 사망하기 전까지 보스 룸에서 퇴장할 수 없습니다.
　－입장하시겠습니까?

"응."

하지만 루이사는 기대했던 그 부분을 결국 확인할 수 없었다.

　－생명력이 전부 소진되었습니다.
　－사망하였습니다.

자신만만하게 들어왔던 그녀였지만 던전 클리어에는 실패해 버렸으니 말이다.

'으아아아!'

이것은 전혀 예상하지 못했던 결말이었다.

띠링-!

　-'던전 보스 베티'가 도전자를 성공적으로 저지하였습니다.

　도르무에게 '비전'을 배우고 있던 이안은 갑작스레 떠오른
메시지에 조금 당황했다.

'응……? 뭐지?'

하지만 바로 다음 순간, 피식하고 웃을 수밖에 없었다.

　-도전자가 드롭한 물품의 일부를 획득합니다.

　-52,380골드를 획득하였습니다.

　-'핏빛 흉갑(유일)'장비를 획득하였습니다.

　-'슈로글의 깃털 ×95' 아이템을 획득하였습니다.

　……중략……

　-강인하고 용맹한 성향의 도전자를 저지하였습니다.

　-'불의 징표 ×11' 아이템을 획득하였습니다.

　-'바람의 징표 ×4' 아이템을 획득하였습니다.

　-'대지의 징표 ×5' 아이템을 획득하였습니다.

　던전 보스로 등록해 둔 베티가 첫 번째 손님을 맞은 것임

을 깨달았으니 말이다.

'크, 역시 불로소득이 개꿀이지!'

원래 기대하지 않았던 수익이 들어오면 기분이 더욱 좋은 법이다.

그리고 이안은 던전 보스로 등록해 둔 베티가 도전자를 이겨 줄 것이라 생각지는 않고 있었다.

베티가 강력하긴 하지만 삭풍의 고원에서 사냥이 가능할 정도의 유저를 일대일로 이기는 것은 불가능하다고 생각했으니 말이다.

'어떻게 이긴 건진 모르겠지만 징표가 20개나 드롭됐네.'

하지만 이안이 간과한 것이 두 가지 있었으니, 그것은 바로 베티가 '신수'라는 점과 던전 보스 보정으로 인한 버프였다.

지금 베티의 레벨은 35다.

하지만 이안의 신수인 베티는 이안이 쌓아 둔 신력의 영향으로 강화되어 어지간한 50레벨 대의 몬스터보다도 강력하다.

베티가 탈희귀 등급의 네임드 소환수인 것까지 고려한다면, 그 이상으로 봐도 될 터.

그런데 여기에 던전 보스 보정이 들어갔다.

베티의 전투력이 60레벨의 보스 타입을 기준으로 책정된 것이다.

그러니까 사실상 전투력만 놓고 따지면 거의 80레벨에 육박하는 보스나 다름없던 것.

이안의 신력으로 전투력 보정을 받지 않는 일반 몬스터들이야 레벨과 등급에 맞는 전투력을 가지고 있었지만 베티는 규격 외의 존재가 되어 버렸던 것이다.

"흠, 이안. 갑자기 왜 그러는가?"

"아아, 아닙니다, 도르무 님. 계속 하시지요."

어쨌든 그런 이유로 짭짤한 부수입을 얻은 이안은 기분이 좋았다.

도전자(?)가 드롭한 아이템도 꿀 같았지만, 그보다 더 기분이 좋은 것은 징표들이었다.

이 징표들은 당장 지금 도르무에게 배우고 있는 징표 합성을 통해 '태초의 힘을 담은 징표'로 만들어 낼 수 있었으니까.

"그러니까 도르무 님 말씀에 따르면……. 제가 가진 대지의 징표와 바람의 징표를 소모해서 숲의 징표를 만들 수 있다는 거죠?"

"바로 그렇다네."

"제가 가진 징표들로 몇 개나 만들 수 있을까요?"

"흠, 보자……. 아니, 갑자기 징표 숫자가 왜 이렇게 늘어났나?"

"아, 제가 처음에 잘못 세었나 봅니다. 흐흐!"

"이 정도 분량이면……. 숲의 징표가 3개는 나오겠군."

도르무가 전해 주겠다던 '비전'은 바로 평범한 징표들을 소모하여 '태초의 힘'을 담은 징표들로 합성할 수 있도록 만들어 주는 스킬이었다.

그러니까 소환수 인벤토리에 있는 9마리의 늑대들을 전부 진화시켜야 하는 이안에게는 정말 꼭 필요한 비전이었던 것.

특히 이안에게는 태초의 힘을 가진 징표들 중에도 가장 귀하고 강력하다는 '태초의 징표'가 필요했는데, 이 또한 징표 합성으로 제작이 가능하다고 하였다.

"태초의 징표를 제작하기 위해서는 빛과 어둠, 그리고 심연의 징표가 필요하다네."

"아, 제게는 하나도 없는 징표들이군요."

"당연하지. 그것들은 수십 년 동안 고고학을 연구한 나도 지금까지 몇 번밖에 보지 못한 희귀한 물건들이니까."

도르무는 징표에 대해 자신이 알고 있는 정보들을 최대한 알려 주었다.

각 속성의 징표들을 어디서 구할 수 있을지, 고고학 사료들을 바탕으로 정보를 공유해 준 것이다.

"자, 내가 아는 것들은 이제 전부 알려 준 것 같군."

"정말 고맙습니다, 도르무 님."

"별말씀을. 내가 자네에게서 얻은 정보가 훨씬 많다네."

"그렇다면 다행입니다, 하하."

"글라시아 대륙의 멸망 설화 속 늑대가 이 거대한 늑대들의 핏줄이라는 사실만으로도⋯⋯. 내가 연구하던 고고학이 한 단계는 발전할 수 있을 게야."

하여 도르무와의 대화를 마친 이안은 슬슬 자리에서 일어났다.

도르무를 통해 얻은 정보들이 산더미처럼 많았으니 해야 할 일도 그만큼 많아진 것이다.

"그럼 도르무 님, 저는 이만 가 보겠습니다."

"그래. 다음에 자네와 만날 때에는 어스 울프 말고 다른 거대한 늑대 종의 소환수를 볼 수 있었으면 좋겠구먼. 허허허!"

"물론입니다, 흐흐! 열 가지 징표를 전부 다 구해 봐야죠."

"크흐흣, 역시 자네는 배포가 크다니까."

도르무는 이안의 이야기가 반쯤 농담인 줄 아는 듯했다.

징표를 얻는 과정의 난이도도 어려웠지만, 그것을 해낼 수 있다 하더라도 어마어마한 노가다까지 필요했으니…….

이안이 정말 모든 징표를 얻으려고 한다고는 생각지 못한 것이다.

물론 이안은 진심이었지만 말이다.

짐을 챙긴 이안은 걸음을 돌려 도르무의 연구실을 나섰다.

그런 그를 향해 도르무가 마지막으로 물었다.

"그럼 글라시아로는 언제 출발할 예정인가?"

"음…… 준비를 다 하는 데, 두세 달 정도는 걸리지 않을까요?"

"알겠네, 무운을 빌도록 하지."

결국 태초의 징표를 얻고 도르무로부터 받은 '전설의 흔적 Ⅱ' 퀘스트를 진행하기 위해서는 북부 대륙인 글라시아 대륙으로 가야만 한다.

　하지만 지금 이안의 레벨로 어둠의 땅에 가는 것은 아무리 이안이라 해도 자살 행위나 다름없는 일.

　'이 동네에서 얻을 수 있는 징표들부터 싹 다 얻으면서……. 최소 120레벨 정도는 찍고 북쪽으로 건너가야지.'

　머릿속으로 이런저런 계획을 떠올린 이안은 일단 노비스 쉘터의 경매장으로 향했다.

　이 모든 일정을 소화하기 전에, 먼저 해야 할 일이 하나 있었으니까.

　-사도 '아토즈'에게 '전언'을 보냅니다.
　-야, 어디냐? 경매장으로 튀어오도록.

　그것은 바로 '수금'이라는 이름을 가진 신성한 의식이었다.

북방으로

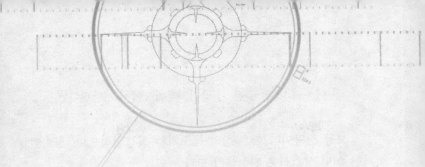

아토즈는 어이가 없었다.

　–신탁이 내려왔습니다.

"응……? 갑자기?"

　–야, 어디냐? 경매장으로 튀어오도록.

"……?"
삭풍의 고원에서 정신없이 사냥을 하던 중.
뜬금없는 시스템 메시지가 떠올랐으니 말이다.

-어…… 내 말 들은 거 맞지? 경매장에서 기다린다?

　보통 신탁이라 함은 신의 목소리를 직간접적으로 내려 받는 어떤 성스러운 의식을 말한다.

　적어도 아토즈가 알기로는 그랬다.

　그런데 지금 아토즈의 눈앞에 떠오른 메시지들은…….

　'이런 게 정말 신탁이라고……?'

　거의 학급 일진이 빵 셔틀에게 보내는 메시지 같은 느낌이었다.

　'뭐 이런 신이 다 있……!'

　게다가 거기서 끝이 아니었다.

　띠링-!

　정말로 신탁이기는 했는지 퀘스트 메시지 비슷한 것까지 아토즈의 눈앞에 떠올랐으니 말이다.

신탁을 수령하셨습니다.

제한 시간 내에 '노비스 쉘터 경매장'으로 이동하세요.

제한 시간 : 15분

조건 달성 시 신앙이 500만큼 증가합니다.

조건 미달성 시 신앙이 500만큼 감소합니다.

　그래서 아토즈는 어이없지만 사냥을 접고 마을로 귀환해

야 했다.

'신앙이라……. 저게 높아야 신수 소환을 더 오래 사용할 수 있었지?'

물론 마을로 귀환하여 이안을 만나는 순간 삥(?)을 뜯길 운명임을 알고 있었지만…….

그래도 방법은 없었다. 이 괴짜 NPC로부터 돈을 떼먹고 도망칠 자신도 없기도 했지만 돈을 좀 뜯기더라도 실보다는 득이 많은 것 같기도 했으니 말이다.

'신앙이라는 걸 최대한 올려서 신수 소환을 더 써먹어야 해.'

아토즈의 판단으로 이 이안이라는 녀석은 분명 성장형 NPC다.

그 때문에 녀석과의 친밀도를 유지하며 신앙이라는 것을 쌓는다면 분명 다른 권능도 추가로 얻을 수 있을 것이다.

게다가 신수 소환으로 소환 가능한 베티라는 녀석도 점점 더 강해질 게 분명했다.

그래서 아토즈의 발걸음은 자연스레 경매장으로 향했다.

신이라는 녀석의 불량배 같은 말투에 기분이 살짝 상하긴 했지만 그 정도는 그냥 넘어가기로 했다.

사실 오늘 아토즈는 기분이 조금 좋은 상태였으니까.

'기왕 신탁도 받은 김에 뭔가 좀 건설적인 퀘스트라도 하나 줬으면 좋겠는데…….'

아토즈의 기분이 좋은 이유는 드디어 기회가 왔기 때문이었다.

지금껏 넘지 못하고 있던 '루이사'라는 벽을 넘을 기회!

그녀는 무슨 실수를 한 건지 사망 페널티를 받는 중이었고, 이 하루를 잘만 이용하면 루이사의 레벨을 따라잡을 수 있을 것이다.

아토즈는 그렇게 행복 회로를 돌리며 경매장에 도착하였다.

＊＊＊

아토즈가 이안에게 빚진(?) 돈은 현금으로 대략 2만 3천 유로 정도였다.

그나마 이안으로부터 좀 늦게 신탁이 내려온 탓에 그사이 골드 시세가 좀 안정되어 값이 내려간 것이다. 그리고 다행히도 지금 아토즈의 통장에 그 정도의 현금은 있었다.

하지만 돈이 그만큼 있다고 해서 아깝지 않은 것은 당연히 아니다.

때문에 아토즈는 이안에게 딜을 시도했다.

금액을 깎아 달라는 딜은 아니다.

그런 것이 씨알도 먹히지 않을 것임은 본능적으로 느끼고 있었으니까.

다만 아토즈는 시간을 좀 더 끌고 싶었다.

시간이 지나서 골드 시세가 좀 더 떨어질 때까지 말이다.

"그러니까······ 흠, 네 말은 당장 골드가 좀 부족하다는 거지?"

"그, 그렇습니다, 이안 님."

"흠."

"사실 제 장비들까지 싹 다 처분해서 탈탈 털면 절반 이상은 만들 수 있지만······. 그럼 제가 나머지 골드를 버는 데 너무 오랜 시간이 걸릴 겁니다."

"흠."

"그러니까 만약 시간을 조금만 더 주시면······."

"시간?"

"넵. 시간을 더 주신다면 이자까지 쳐서 한 번에 갚겠습니다."

아토즈의 계산은 간단했다.

빌린 골드를 이자까지 비싸게 쳐서 갚는다고 하더라도 최대한 늦게 갚는 것이 환전 비율로 훨씬 더 이득이라는 판단이었으니 말이다.

시간이 길어질수록 이자는 늘어나겠지만 그보다 골드 환전비가 떨어지는 것이 훨씬 더 큰 폭일 테니까.

그리고 아토즈의 이 계획은 얼핏 보면 무척이나 합리적이고 완벽했다. NPC들은 현실의 돈을 골드로 환전한다는 개념 자체를 알 리 없었으니 아토즈의 이 제안에서 이상한 점을 느낄 수 없을 게 당연한 것이다.

물론 이안이야 아토즈의 머리 꼭대기에 앉아 있었지만 말이다.

'이 친구, 머리 굴리는 소리가 여기까지 들리는 것 같네. 으흐흐!'

사실 이안은 아토즈라는 유저의 현실 재정 상황이 어떤지 잘 모른다. 그래서 이 고리대금의 덫(?)을 놓을 때도 정말 돈을 다 받아 낼 생각을 했던 게 아니다.

이안이 현생에서 돈이 부족한 것도 아니고 말이다.

'이런 꼬꼬마 코 묻은 돈 뜯어내서 뭐 하겠어?'

다만 이안의 목적은 이것을 빌미로 그의 노동력을 착취하는 것이었을 뿐.

그래서 이안은 아토즈의 제안에 누구보다 인자한 미소를 지으며 다시 입을 열었다.

"흐음…… 확실히 네 말대로 장비를 다 팔아넘기는 건 좋지 않은 선택이야."

"그, 그렇지요?"

"네가 장비를 다 팔아 버리면, 그렇지 않아도 허약한데 더 약해져 버릴 것 아냐?"

"네, 넵."

"그럼 기간은 얼마나 더 주면 될까?"

"그야……."

"길면 길수록 더 좋은 거겠지?"

"……!"

이안의 말을 들은 순간 아토즈의 두 눈이 휘둥그레졌다.

'뭐지? 괴짜인 줄 알았는데 사실은 착한 녀석이었던 건가?'

사실 아토즈는 이 이안이라는 녀석이 막무가내로 골드를 내놓으라고 할 줄 알았는데 이렇게까지 편의를 봐주니 감동을 받은 것이다.

그래서 아토즈는 아주 양심(?)적으로 기간을 제안하였다.

"그럼 이안 님, 한…… 세 달 정도는 어떻겠습니까?"

"세 달?"

"넵, 그 정도만 시간을 주신다면……."

이야기를 하면서도 양심에 조금 찔린 것인지 아토즈는 슬슬 눈치를 보았다. 사실 이안에게 빌린 수준의 골드는 한 달이면 벌고도 남았지만 최대한 손실을 줄이기 위해 세 달을 얘기한 것이었으니 말이다.

그런데 놀랍게도 이안은 흔쾌히 고개를 끄덕였다.

"좋아. 세 달? 그 정도는 기다려 줄 수 있지."

"허억……!"

아토즈가 한번 찔러본 수준의 제안을, 이안이 전부 흔쾌히 수용해 준 것이다.

'이렇게 착한 NPC를 내가 지금까지 오해했다니…….'

하지만 다음 순간부터 아토즈는 조금씩 위화감을 느낄 수밖에 없었다.

"대신 조건이 하나 있어, 아토즈."

"조건이라시면……."

"사실 내가 돈이 없는 것도 아니고 골드가 당장 필요한 건 아니거든?"

"……!"

"그래서 말인데……."

"마, 말씀하십쇼."

"골드 대신 임무로 때우는 건 어떨까?"

"이, 임무요?"

여기까지가 바로 이안의 완벽한 설계였으니 말이다.

"네가 골드를 버는 데 세 달이 필요하다고 했잖아. 그렇지?"

"그……렇습니다."

"그럼 너의 세 달 치 노동력이 대충 네가 빌린 돈의 가치라는 뜻이잖아?"

"……!"

말문이 막힌 아토즈를 향해 이안이 하얀 이를 씨익 드러내며 웃었다.

"세 달 동안 내가 주는 임무를 무상으로 하자. 그러면 네가 빌린 돈은 없던 것으로 할게. 어때?"

그리고 이안의 이 완벽한 논리(?)에 아토즈는 그 자리에서 꿀 먹은 벙어리가 될 수밖에 없었다.

24시간의 사망 페널티가 끝난 뒤.

루이사는 이를 바득바득 갈며 카일란에 다시 접속하였다.

  -홍채 인식 완료. '루이사' 님, 카일란의 세계에 오신 걸 환영합니다.

루이사가 이를 가는 이유는 당연히 최종 보스였던 '베티' 때문이었다.

외형은 작고 귀여운 솜뭉치 같았던 녀석. 하지만 전투력만큼은 귀여움과 완전히 거리가 먼 녀석.

'내가 너무 방심했어.'

던전 자체를 너무 손쉽게 클리어했던 루이사는 솔직히 보스를 쉽게 봤고, 결국 보스 룸에서 제대로 전력을 다해 보지도 못한 채 베티에게 당하고 말았다.

그래서 루이사는 분했다.

비록 지기는 했지만 조금 더 제대로 계획을 세우고 싸웠다면 충분히 이길 수도 있었던 상대라고 생각됐으니 말이다.

'공격력이 엄청난 녀석이긴 했지만 박쥐 종 특성상 맷집은 약했을 거야. 잘 피하면서 싸워 볼 수만 있다면…….'

하지만 이미 한 번의 사망 페널티를 받은 상태에서 같은 스펙으로 똑같이 도전하는 것은 너무 무모한 일.

그래서 일단 루이사는 레벨 업을 좀 더 해 보기로 했다.

던전 보스의 레벨은 시간이 지나도 그대로일 터였으니 레벨 5 정도만 올려도 훨씬 전투가 수월할 터였다.

'조만간 다시 트라이해야지.'

던전 클리어 시 어떤 보상을 줄지는 알 수 없었지만 클리어하지 못하고 던전을 지나치는 것은 항상 찝찝한 법.

그래서 조만간 다시 던전을 트라이할 계획을 세운 루이사는 일단 사냥을 다시 나서기 위해 자신의 상태를 점검하였다.

"으, 레벨도 다시 48레벨로 떨어졌네. 아오……!"

습관적으로 친구 목록을 오픈하여 아토즈의 레벨도 확인하였다.

　

－아토즈 : Lv. 47

　

그리고 안도의 한숨을 내쉬었다. 페널티를 받았음에도 아직 아토즈에게 역전당하지는 않았으니까.

"그래, 이 오빠한테 질 수는 없지."

분노를 가라앉힌 루이사는 일단 경매장으로 향했다.

던전에서 사망하면서 쓰던 갑옷을 잃어버렸으니 사냥에 나서기 전에 괜찮은 물건으로 하나 다시 구입할 필요가 있었다.

'갑옷 하나만 잃어버린 건 다행인 것 같고…….'

띠링-!

- 노비스 쉘터 경매장에 입장하셨습니다.
- 거래소를 오픈합니다.

그런데 레벨에 맞는 괜찮은 갑옷을 찾던 루이사는 잠시 후 얼굴이 밝아졌다.

자신이 쓰던 갑옷과 똑같은 갑옷이 경매장에 적당한 값에 올라와 있는 것을 발견한 것이다.

- 핏빛 흉갑(유일) - 253,200골드

'오……!'

60레벨이 넘기 전까지는 이 핏빛 흉갑보다 나은 가성비 장비가 없었기 때문에, 루이사는 망설임 없이 그것을 구매하였다.

- '핏빛 흉갑(유일)' 장비를 성공적으로 구매하셨습니다.
- 253,200골드를 지불하셨습니다.
- 경매장 수수료로 2,532골드를 추가 지불합니다.

핏빛 흉갑은 삭풍의 고원 네임드 몬스터가 낮은 확률로 드

롭하는 장비였기 때문에 경매장에서 구하기 힘들 것이라고
생각했건만.

운 좋게(?) 바로 구입할 수 있게 되어 기분이 꽤 좋아졌다.

"좋아. 그럼 바로 사냥터로 갈 수 있겠어."

하지만 지금 이 순간에도 루이사가 모르는 사실이 하나 있
었으니…….

그것은 바로 지금까지 베리타스 서버에서 '핏빛 흉갑'이 드
롭된 일은 단 한 번뿐이라는 사실이었다.

<hr>

아토즈의 눈앞에 새로운 시스템 메시지가 떠올랐다.

띠링-!

　-조건이 충족되었습니다.

　-지금부터 90일 동안 일일 퀘스트가 생성됩니다.

　-일일 퀘스트 달성 실패 시 '신앙'이 감소할 수 있습니다.

　-일일 퀘스트 달성 실패 시 '이안'과의 친밀도가 감소할 수 있습
니다.

　……후략……

90일간의 일일 퀘스트.

메시지를 본 아토즈는 암울한 표정이 되었다.

"그러니까 매일…… 앞으로 이렇게 하나씩 임무를 해야 한다는 거죠, 이안 님?"

3개월이라는 시간을 본인의 입으로 얘기했기 때문에 이안에게 불만을 토로하기도 애매했다.

"그렇지. 너무 걱정하지 말라고. 그래도 하루 이상 걸릴 만한 임무를 주지는 않을 테니까."

카일란을 하면서 이런 경우는 처음이었다.

'보상이 없는 퀘스트라니…….'

그나마 다행인 것은 일일 퀘스트를 할 때마다 신앙 스탯이 조금씩 증가한다는 점이었다.

이안이 아토즈를 응시하며 말했다.

"자, 그럼 가 봐. 아토즈."

"……."

"오늘 임무가 뭐라고 했지?"

"바람의 징표를 열두 개 구해 오라고…… 하셨습니다."

"좋아. 그럼 바로 출발하도록."

바람의 징표는 삭풍의 고원 슈르그들이 가끔 등장하는 잡화 아이템이다.

아토즈로서는 이안이 이 물건들을 어디에 쓸지 알 수 없었고 이것들의 가치도 알 수 없었지만…….

'진짜 하루 종일 노가다를 해야 모을 만한 분량인데…….'

그것과 별개로 아토즈는 울상이 될 수밖에 없었다.

정말 꼼짝 없이 90일간 노예 생활이 시작된 것 같았으니까.

'이럴 줄 알았으면 잡화 상점에 팔아 버리지 말걸.'

아토즈의 겜생에 어둠의 그림자(?)가 드리워지고 있었다.

이안은 시스템 메시지를 확인하고 있었다.

　-'일일 퀘스트'는 퀘스트 수령자의 레벨에 따라 부여할 수 있는 난이도 한계치가 정해집니다.

　-'바람의 징표 200개 획득' 조건은 '48레벨 마법사'클래스의 일일 퀘스트 조건으로 적합하지 않습니다.

　-일일 퀘스트를 부여할 수 없습니다.

　-'바람의 징표 150개 획득' 조건은 '48레벨 마법사'클래스의 일일 퀘스트 조건으로 적합하지 않습니다.

　-일일 퀘스트를 부여할 수 없습니다.

　-'바람의 징표 120개…….

　……후략……

아직까지는 생소한 퀘스트 생성 시스템과 관련된 메시지들.

-'바람의 징표 12개 획득' 조건은 일일 퀘스트로 부여할 수 있습니다.

　-일일 퀘스트를 생성하시겠습니까?

　특히 일일 퀘스트 생성은 또 처음이었기에 이안은 생각지 못했던 난관(?)을 만날 수밖에 없었다.

　'고작 12개라니!'

　일일 퀘스트는 하루에 한 번 클리어하는 퀘스트라는 의미.

　당연히 부여 가능한 난이도에 제약이 있었던 것이다.

　'좀 아쉽긴 하지만…… 어쩔 수 없나?'

　사실 이안은 정말 극한까지 아토즈를 굴려 볼 생각이었다.

　지금까지 퀘스트 생성 시스템은 상대의 동의를 얻기만 하면 퀘스트 생성이 가능한 구조였다.

　그렇기에 이렇게 먼저 동의를 얻은 경우 어떤 퀘스트라도 줄 수 있을 줄 알았던 것이다.

　하지만 카일란의 시스템은 철저했고, 일일 퀘스트로 줄 수 있는 조건은 한정되어 있었다.

　이안으로서는 아쉬운 일이 아닐 수 없었다.

　"그러니까 매일…… 앞으로 이렇게 하나씩 임무를 해야 한다는 거죠, 이안 님?"

　물론 징표 12개 파밍도 쉬운 퀘스트가 아니었기에 아토즈는 울상이었지만…….

이안은 마치 자신이 퀘스트 조건을 인심 써서 설정하기라도 한 듯 아토즈에게 생색부터 내었다.

"그렇지. 그래도 너무 걱정하지 말라고. 그래도 하루 이상 걸릴 만한 임무를 주지는 않을 테니까."

아토즈가 내막을 알았더라면 이안의 지독함에 혀를 내둘렀겠지만 그런 것을 신경 쓸 이안이 아니었다.

"자, 그럼 가 봐. 아토즈."

"……"

"오늘 임무가 뭐라고 했지?"

"바람의 징표를 열두 개 구해 오라고…… 하셨습니다."

"좋아. 그럼 바로 출발하도록."

원래 카일란의 세계는 냉정한 법이었다.

'우리 사도님이 바람의 징표를 구해 오면…… 그거로 숲의 징표를 제작해야지.'

아토즈를 보낸 이안은 싱글벙글했다. 처음 계획보다야 강도가 약해졌지만, 그래도 아토즈를 굴릴 수 있게 된 덕에 본인이 했어야 할 노가다가 줄어들었으니 말이다.

'아토즈가 바람의 징표를 구하러 갔으니, 나는 대지의 징표를 파밍하러 가 볼까?'

도르무로부터 징표 제작과 관련된 비전을 전수받은 이안은 이제 노비스 쉘터의 소환술사 길드에서 징표 합성 콘텐츠를 이용할 수 있었다.

그래서 지금 이안의 첫 번째 목표는 파밍 가능한 바람의 징표와 대지의 징표를 모아서 '숲의 징표'를 3개 제작하는 것.

숲의 징표 3개가 있으면 이안이 지금 데리고 있는 '어스 울프'를 또 한 번 진화시킬 수 있었기에.

일단 '쟈칸'을 진화시키기 전까지 진화된 어스 울프를 메인 전력으로 활용하려는 계획이었던 것이다.

'어차피 태초의 징표는 당장 파밍 가능한 수준이 아니야. 제작 재료를 모으려고 해도…… 글라시아 대륙 쪽으로 넘어가야 한다고 했으니까.'

현재 이안의 목표는 당연히 글라시아 대륙으로 가는 것이다. 그곳에서 고대의 늑대들에 대한 단서를 더 찾는 것이 지금 이안이 진행 중인 메인 퀘스트의 가장 중요한 목표였으니까.

하지만 그곳에 가려면 아무리 이안이라도 100레벨 전후를 달성하는 게 먼저였고.

그 전까지 베티 하나만을 키우는 건 좀 무리가 있다.

'베티가 영웅 등급 이상으로 진화하면 모르겠지만…… 언제 진화할지 모르니까.'

그래서 이안은 숲의 징표 3개를 제작해 낼 때까지 한동안 아토즈의 일일 퀘스트를 징표 파밍으로 고정시킬 생각이었다.

이안의 생각에 이 신격 콘텐츠는 여러모로 꿀 같은 콘텐츠인 것 같았다.

'일꾼을 한 명 더 뽑고 싶은데. 괜찮은 녀석 어디 없나……?'

이안은 그런 생각을 하며 삭풍의 고원을 가로질러 이동하였다. 도르무로부터 얻은 정보에 따르면 대지의 징표를 얻기 위해서는 삭풍의 고원을 넘어 천공의 고원으로 가야 했다.

정확히는 천공의 고원에 있다는 몽환의 숲.

월드 맵에 표기되지 않은 필드인 것을 보니 숨겨져 있는 히든 필드인 듯했다.

요정족은 대지의 생명력을 가장 사랑하는 종족이지.

그리고 이 요정족들이 과거에 머물던 땅이 바로 천공의 고원에 있는 몽환의 숲이라네.

과거에는 요정의 숲이라 불리던 곳인데…….

나는 요정들이 이곳에 거점을 뒀던 이유가 이 몽환의 숲에 강력한 대지의 힘이 머물기 때문이라고 생각해.

요정들이 떠난 지금까지도 강력한 대지의 기운이 가득한 곳이 바로 이 몽환의 숲이니까.

아마 지금 몽환의 숲에 서식하는 몬스터들을 조사한다면……. 대지의 징표를 어렵지 않게 얻을 수 있을 거야.

몽환의 숲이 있다는 천공의 고원 북부는 필드 적정 레벨이 68레벨 정도였다.

그러니 그 안에 있는 히든 필드의 경우 최소 70레벨대는 훌쩍 넘을 터.

'몽환의 숲이라⋯⋯. 한 7~80레벨 몬스터들을 상대해야겠군.'

때문에 아직 40레벨도 채 되지 않은 표면적인 레벨만 봐서는 분명히 위험한 지역이었지만 이안은 개의치 않았다.

'어차피 이동하는 동안 40레벨 초반까진 찍힐 거고⋯⋯.'

신격 레벨로 인해 얻은 추가 전투력과 이안의 피지컬을 생각하면 30레벨 차이 정도는 메우고도 남았으니까.

"베티야, 가자."

규룩-! 규루룩-!

하여 베티를 소환한 이안은 곧장 천공의 고원으로 이동하였다.

        ✦✦

카일란 공식 커뮤니티의 베리타스 서버 게시판에 근 일주일 사이 히든 던전에 대한 정보가 돌기 시작했다.

제목 : 삭풍의 고원 히든 던전, 혹시 클리어하신 분 계십니까?

카일란에서 '히든'이라는 수식어는 거의 조회 수를 보증하는 보증 수표였다.

그래서 처음 이러한 제목의 게시 글이 올라올 때 조회 수는 폭발적으로 증가하였고.

제가 최초 발견자는 아니긴 한데, 삭풍의 고원 구석에 '괴물 베티의 동굴'이라는 던전이 있더군요.
월드 맵에 표시되지는 않아서 히든 던전인 건 분명한데…….
던전 난이도가 너무 이상해서 정보 구하고자 공유 올립니다.
일단 저는 45레벨 궁사 클래스고요, 보스 룸에서 박쥐한테 한 방 컷 당했습니다.
혹시 깨신 분 있나요?
던전 보상이 궁금합니다. 다시 트라이할지 고민 중이라서요.

이 게시 글 덕분에 실력 꽤나 있다는 유저들의 관심이 급 증하기 시작했다.

—45레벨 궁사가 털렸다고요?
—와, 진짜 어려운 던전인가 보네.
—보상이 뭐예요?
—못 깼다잖아요. ㅋㅋㅋ 깨지도 못했는데 보상을 어떻게 앎?
—파티 입장은 불가능한 던전인가요?
—1인 입장만 가능한 인던입니다.
—와, 나도 50레벨 찍으면 한번 트라이해 볼까…….

그리고 이런 게시 글이 몇 개 올라오기 시작하자, 유저라고는 찾아볼 수 없었던 '괴물 베티의 동굴' 앞에 사람들이 삼삼오오 모이기 시작했다.

기존에는 알려지지도 않았을 뿐더러 40레벨대 유저가 많지 않아 횅한 지역이었지만…….

이제 시간이 지나 40레벨대 유저도 많아진 데다가 커뮤니티에서 이슈까지 되니 유저들이 모이기 시작한 것이다.

그래도 다행인 건 마족 유저들의 거점과 가까운 지역이 아니라는 점.

아마 마족 유저들까지 몰려들었다면 '괴물 베티의 동굴' 앞은 난장판이 됐을 터였다.

"이번에도 함흥차사네."

"와, 방금 들어가신 분 48레벨 아니었음?"

"미친……! 나 그냥 돌아갈까?"

"진짜 아직 깬 사람 아무도 없는 거예요?"

"전 그냥 포기하고 사냥하러 감. 사망 페널티 생각하면 끔찍하네."

유저들은 이 히든 던전을 과연 누가 가장 먼저 클리어할지 궁금해졌다.

"입장 제한 60레벨이라고 했죠?"

"네, 맞아요."

"저는 그럼 59레벨 찍고 옴."

"아마 그 전에 누군가 깰 듯?"

"뭐, 누가 먼저 깨도 어쩔 수 없고요."

그리고 과연 어떤 보상을 주려고 이렇게 난이도 높은 던전이 생성되었는지 그 또한 몹시 궁금하였다.

"혹시 최초 클리어 업적을 달성하면 히든 클래스라도 얻을 수 있는 것 아닐까?"

"히든 클래스까진 몰라도 최소 영웅 등급 이상 네임드 템은 먹을 듯."

"캬, 얼마 전에 영웅 네임드 템 경매장에서 얼마에 팔렸죠?"

"아마 40랩제짜리였나……? 350만 골드에 팔렸을걸요."

"대박! 미쳤다!"

하지만 이렇게 온갖 행복 회로를 돌리고 있는 유저들도 결코 알 수 없는 사실이 한 가지 있었다.

그것은 바로…….

띠링-!

　

–'던전 보스 베티'가 도전자를 성공적으로 저지하였습니다.

–도전자가 드롭한 물품의 일부를 획득합니다.

–83,381골드를 획득하였습니다.

–'백철 대검(유일)'장비를 획득하였습니다.

–지혜롭고 현명한 성향의 도전자를 저지하였습니다.

–'물의 징표 ×9' 아이템을 획득하였습니다.

-'빛의 징표 ×1' 아이템을 획득하였습니다.

……중략……

-'던전 보스 베티'가 도전자를 성공적으로 저지하였습니다.

-'던전 보스 베티'가 도전자를 성공적으로 저지하였습니다.

……후략……

이 던전의 최대 수혜자는 따로 있다는 사실이었다.

"뭐야, 갑자기 왜 이렇게 흥했어?"

최근 공식 커뮤니티에 들어가 본 적이 없는 이안은 의아한 표정으로 고개를 갸웃거릴 뿐이었다.

﹡﹡﹡

이안의 레벨도 어느덧 40레벨이 되었다.

띠링-!

-레벨이 올랐습니다.

-40레벨이 되었습니다.

소환술사인 이안은 소환수들과 경험치를 나눠 먹는 데다가 그 나눈 경험치마저 신격 시스템과 또다시 나눠 먹어야 했지만.

30레벨대에 60레벨 전후의 몬스터들을 학살하고 다니니 레벨이 오르지 않으려야 않을 수가 없던 것이다.

'그래도 앞자리가 바뀌니 뭔가 강해진 느낌이 들기도 하고.'

레벨이 오름에 따라 당연히 '테이밍 마스터'클래스의 스킬들도 본서버에서와 마찬가지로 배울 수 있었다.

따로 스킬 북의 도움 없이 배울 수 있는 기본적인 직업 스킬들의 경우 달라진 것이 전혀 없었다.

이전과 다른 부분은 전직을 20레벨에 해서 그런지 30레벨 때에 배웠던 스킬들이 40레벨에 생성되었다는 것 정도.

하지만 달라진 부분이 없다 해도 이안은 이 스킬들이 무척 반가웠다.

중급 훈련과 소환수 스킬 부여 등의 스킬은 지금의 이안에게도 아주 유용한 스킬이었으니까.

'스킬 부여는 당장 쓰긴 좀 애매하지만……'

소환수 스킬 부여

분류 : 액티브 스킬

스킬 레벨 : Lv. 0

숙련도 : 0%

재사용 대기 시간 : 24시간

소환수에게 랜덤으로 하나의 스킬을 부여합니다.

한번 스킬 부여를 사용할 때마다 대상 소환수의 잠재력을 20 소모합니다.

한 번 스킬이 부여된 소환수에게 다시 스킬 부여를 사용할 경우, 기존에
부여되었던 스킬이 새로운 스킬로 변환됩니다.
*스킬 부여의 레벨과 숙련도가 높을수록 소환수가 고급 스킬을 획득할
확률이 높아집니다.

사용 시 소환수의 잠재력을 소모하는 스킬 부여의 특성
상, 이안은 일단 스킬 사용을 보류하기로 했다.

지금 이안의 소환수인 베티와 어스 울프는 둘 다 언제든
진화할 수 있도록 세팅된 상태였으니 진화 후에 스킬 부여를
해 주는 것이 더 낫다는 판단이었다.

'어스 울프도 어느새 30레벨이 넘었네.'

하여 40레벨의 정비를 마친 이안은 본격적으로 '몽환의 숲'
을 찾기 시작하였다.

그리고 이안이 히든 필드를 발견한 것은 그로부터 이틀 뒤
의 일이었다.

카일란에는 공식적인 레벨 랭킹이 존재한다.

그러니까 일부러 자신의 레벨을 비공개 처리한 유저들을
제외한, 모든 상위권 유저들의 레벨로 랭킹을 정렬하여 랭킹
정보를 제공하는 것이다.

하지만 그럼에도 불구하고 베리타스 서버에서는 이제까지 랭커들이 공개되지 않아 왔다.

그리고 그 이유는 간단했다.

유저의 레벨이 랭킹 정보에 등록되는 최소 조건이 바로 50레벨이었는데, 베리타스 서버에서는 아직 공식적으로 50레벨을 달성한 유저가 하나도 없었으니까.

띠링―!

―랭킹 정보가 업데이트되었습니다.

그래서 이 한 줄의 월드 메시지가 떠올랐을 때 베리타스 유저들은 앞다투어 랭킹 정보를 오픈해 보았다.

과연 처음으로 50레벨을 달성하고 명예의 전당에 이름을 올린 유저가 어떤 유저인지 확인하기 위해서 말이다.

"크, 누구지? 당연히 첫 번째 50렙은 마족이겠지?"

"아무래도 그렇지 않겠어? 평균 레벨 자체가 마족이 5레벨은 더 높다고 하던데."

RPG의 형식을 가진 게임에서 랭킹에 대한 유저들의 관심은 너무나도 당연한 것이라고 할 수 있었다.

"글쎄. 내 생각엔 이미 비공개로 50레벨 넘은 유저들도 많을 것 같은데."

"하긴 그것도 그래. 진짜 최상위 랭커들은 레벨 정보를 잘

공개하지 않는다고 하더라고."

그리고 랭킹정보의 업데이트 메시지를 확인한 뒤 바로 그 정보를 확인해 본 것은 이안이라고 다를 것 없었다.

베리타스 서버의 레벨 랭킹 자체에 관심이 있는 것은 아니었지만 단순한 호기심 정도는 가지고 있었으니 말이다.

'어떤 바보가 레벨 자랑을 하는지 한번 보러 가 볼까?'

물론 이안이 이 서버의 랭커였다면 절대 레벨을 공개하지는 않았을 것이다.

랭킹 목록에 이름과 레벨이 박힌다는 말은, 상대 진영의 유저가 항상 자신의 레벨을 알고 있다는 사실과 다름없었으니까.

어쨌든 속으로 그런 생각을 떠올리던 이안은 게시판을 열어 랭킹 목록을 확인하였다.

띠링-!

그러자 이안의 눈앞에 다음과 같은 시스템 박스가 떠올랐다.

랭킹 1위 : 라퓨르

클래스 : ???

레벨 : Lv. 50

길드 : 칼데라스

그런데 다음 순간…….

랭킹 1위를 확인한 이안의 두 눈이 순식간에 휘둥그레졌다.

"잠깐, 이거 뭐야?"

랭킹1위라는 유저 '라퓨르'의 소속 길드 이름이 상당히 눈에 익었으니 말이다.

'칼데라스가 여기서 나온다고……?'

'칼데라스'라는 길드 네임은 바로 현재 로터스에 이어 세계 랭킹 2위를 달리고 있는 길드의 이름이었던 것.

'뭔가 냄새가 나는데…….'

물론 카일란에서 길드 네임은 서버가 다를 경우 중복 생성을 허용한다.

다만 중간계의 길드 관리소에 길드를 등록하게 될 경우 이미 같은 이름의 길드가 있다면 길드명을 바꿔야 할 뿐.

그래서 베리타스 서버에 칼데라스 길드가 존재한다는 것은 얼마든지 가능한 일이었다.

칼데라스는 카일란 유저라면 대부분 알고 있는 길드 네임이었으니 베리타스 서버에서 그들을 추종하는 유저가 같은 이름으로 길드 생성을 했다고 해도 이상하지 않았으니까.

'물론 베리타스 어딘가에 로터스 길드도 있을지 모르겠지. 하지만…….'

그러나 이안은 그런 케이스가 아닐 것이라고 본능적으로 생각했다.

어중이떠중이들이 칼데라스라는 길드 네임을 만들었으면 또 모를까, 이 라퓨르라는 녀석은 현재 공식적인 베리타스 서버의 랭킹 1위다.

실제 랭킹 1위야 따로 있겠지만 그것과 별개로 최상위권 유저임은 당연하다.

그런 유저들은 보통 자존심이 셀 확률이 높다.

다시 말해 특정 길드를 추종하여 길드네임을 베낄 확률이 적다는 뜻이다.

"어쩌면 진짜 칼데라스 길드와 연계되어 있는……. 칼데라스 2중대일지도 모르겠군."

그리고 이 베리타스의 칼데라스가 기존 칼데라스 길드와 어떤 식으로든 연관이 있는 길드라면.

앞으로 베리타스 마족 진영에서는 이 '칼데라스' 길드원들이 확실히 패권을 잡을 확률이 높다.

칼데라스에서 어설프게 이런 짓을 벌일 리는 없었으니까.

'재밌네.'

칼데라스의 길드 마스터이자 현재까지도 전사 클래스 세계 랭킹 1위를 지키고 있는 유저 카이.

그의 얼굴을 떠올린 이안의 입가에 흥미로운 미소가 떠올랐다.

'앞으로 재밌는 일이 생길지도…….'

물론 지금 당장에야 이런 추측들은 이안의 플레이와 별로 상관없는 이야기들이었지만 말이다.

"그나저나 여기가 진짜 몽환의 숲이 맞나? 왜 이렇게 평범하지?"

지금 이 순간 이안에게 있어서 이러한 가십거리보다 훨씬 더 중요한 것은 당연히 메인 퀘스트.

이틀 동안 천공의 고원을 뒤져 몽환의 숲을 찾아낸 이안은 드디어 이 히든 필드 안으로 들어서고 있었다.

띠링-!

-'몽환의 숲 입구'를 발견하셨습니다.

-'몽환의 숲'에 입장하시겠습니까?

시스템 메시지로 한 번 더 히든 필드의 이름을 확인한 이안은 긴장된 표정으로 포털을 향해 걸음을 옮겼다.

저벅.

그 순간 이안의 눈앞에 기대했던 시스템 메시지가 주르륵 떠오르기 시작하였다.

-'몽환의 숲'에 입장합니다.

-숨겨진 지역을 최초로 발견하셨습니다!

-명성이 1,500만큼 증가합니다.

-지금부터 5일 동안 획득하는 모든 경험치가 2배만큼 증가합

니다.

　─지금부터 5일 동안 아이템의 드롭률이 2배로 증가합니다.

*

몽환의 숲은 맵의 그 명칭을 대변하기라도 하듯 무척이나 오묘한 분위기를 연출하는 필드였다.

베이스 자체는 청록 빛의 나무들이 가득한 숲이었으나 필드 전체에 자줏빛 운무가 깔려 있었으며.

맵의 조도 자체는 어두운 편이지만 곳곳에서 은은한 빛이 새어 나오고 있어 음침한 분위기는 아니었으니 말이다.

다만 시야 확보가 쉽지 않다는 사실만으로도 이안은 적잖이 긴장할 수밖에 없었다.

최소 70레벨의 몬스터들이 등장할 게 분명한 이 필드라면 상황에 따라 이안조차도 충분히 위험할 수 있었으니까.

'이럴 때 카카가 있었으면 좋았을 텐데.'

최고의 정찰 자원(?) 카카가 자연스레 떠올랐지만 없는 녀석을 찾아봐야 의미 없는 일.

대신 이안은 베티를 앞세워 숲 안쪽으로 진입하기 시작하였다.

"베티, 적을 발견하면 절대로 공격하지 말고 일단 내 쪽으로 와. 알겠지?"

규룩!

베티는 맷집이 약한 편이지만, 대신 동 레벨대 최고 수준의 속도를 가지고 있었다.

이안은 그 기동성을 믿어 보기로 했다.

스하아아-!

베티를 앞세워 필드 안쪽으로 진입하던 이안은 멀리서부터 들려오는 음산한 소리에 반사적으로 움찔움찔 몸을 떨었다.

커다란 나무 사이로 지나다니는 차갑고 날카로운 바람들 탓에 순간순간 소름이 돋기도 하였다.

'무슨 유령의 집도 아니고…….'

그리고 이렇게 5분 정도가 지났을까?

'잠깐…….'

이안은 드디어 첫 번째 필드 몬스터를 만나게 되었다.

휘이이잉-!

스산한 바람소리와 함께, 이안의 눈앞에 나타난 처음 보는 종류의 몬스터.

　-아루루 : Lv. 73

그리고 녀석을 발견한 이안은 당혹스러운 표정이 되었다.

'이거…… 진짜 유령이잖아?'

별생각 없이 유령의 집을 떠올렸는데, 진짜로 유령처럼 반투명한 형상을 가진 인간형 몬스터가 이안의 시야 멀찍한 곳에 모습을 드러냈으니 말이다.

'등급도 영웅 등급 정도는 되는 것 같은데……?'

녀석의 주변에 다른 몬스터가 없음을 확인한 이안은 그 녀석을 향해 천천히 활시위를 당겼다.

끼이잉-!

하지만 잠시 후.

띠링-!

이안은 당겼던 그 활시위를 놓을 수 없었다.

　

－조건이 충족되었습니다.

－히든 퀘스트가 발생합니다.

　

그의 눈앞에 생각지도 못했던 메시지가 주르륵 떠올랐으니 말이다.

　

－'버려진 요정의 비밀 I' 퀘스트가 발생합니다.

　

❉

　

이곳 몽환의 숲으로 오기 전 이안은 도르무와 이런 대화를 나눈 적이 있었다.

도르무는 이곳 몽환의 숲이, 과거 요정들이 살았던 '요정의 숲'이었다고 했다.

"사실 과거에는 '천공의 고원' 전체가 요정들의 대지였다네."

"오호……?"

"하늘과 가장 가까운 곳이자 신들에게 버림받지 않은 땅, 베리타스의 중부 대륙에서 유일하게 신들의 축복을 잃지 않은 땅이 바로 천공의 고원이었으니까. 요정들의 여왕 '슈린'이 직접 다스리던 땅이 바로 이곳 천공의 고원이었지."

"신들의 축복을 잃지 않았다는 말은…… 천공의 고원이 신들에게 버려지지 않았다는 건가요?"

"지금이야 당연히 천공의 고원도 신들에게 버림받았다네."

"그래요?"

"요정들이 모종의 이유로 이곳을 버린 순간 신들의 축복도 함께 사라졌지."

"흠…… 신들이 요정족은 버리지 않았나 보네요?"

"허허, 그야 당연하지. 사실 이 세계에서 신과 대립한 종족은 인간들과 마족들일 뿐이라네. 여전히 신을 모시는 요정족과 용족들은 신들의 버림을 받지 않은 것이 당연하지."

"아하."

"지금 베리타스의 요정들과 용족이 어디 살고 있는지는 아무도 모르네만……. 아마 그런 곳이 있다면 그곳이 유일하게 신들의 가호를 받는 땅일 게야."

"재밌네요."

이안이 몽환의 숲에 온 이유는 대지의 징표를 파밍하기 위해서였다.

그 때문에 도르무가 요정들과 관련된 이야기를 해 준 이유 역시 대지의 징표와 연관이 있었다.

"각설하고, 몽환의 숲에 대한 이야기를 다시 하자면……."

"경청하겠습니다."

"요정들이 사랑했던 숲이 바로 이곳 몽환의 숲이기 때문에 여기에는 아마 '대지의 제단'이 곳곳에 남아 있을 것이라는 얘기를 해 주고 싶었다네."

"대지의 제단이요?"

"대지의 제단은 요정들이 대지의 힘이 모여들 수 있도록 만들어 놓은 마법진 같은 개념이라네."

"아하."

"요정들은 기본적으로 모든 자연의 힘을 사랑하지만 그 중에서도 대지와 바람 그리고 빛의 힘을 가장 숭배하지."

"그렇군요."

"그래서 이들이 만들어 놓은 대지의 제단을 발견할 수 있다면 그 주변에 서식하는 몬스터들을 주의 깊게 살펴보게."

"그들이 징표를 가지고 있을까요?"

"오랜 시간 대지의 제단 근처에 머물었던 몬스터일수록, 정순하고 강력한 대지의 힘을 몸속에 내재하고 있을 게야."

"그 힘이 자연스레 징표로 만들어지는 거로군요."

"비슷한 개념이라고 할 수 있지."

그래서 이런 배경 스토리를 알고 있던 이안에게 지금 눈앞에 떠오른 퀘스트 메시지는 흥미롭게 다가올 수밖에 없었다.

'혹시 저 유령 같은 녀석이……. 요정과 관련이 있는 건가?'

지금 이안에게 생성된 퀘스트는 이름만 봐도 요정족과 연관되어 있는 퀘스트임을 알 수 있었고.

그렇다면 이 퀘스트를 통해 요정들이 만들었다는 대지의 제단도 더 쉽게 찾을 수 있을지도 몰랐으니 말이다.

물론 이 '요정'이라는 연결 고리 하나만으로 퀘스트가 어떻게 진행될 것인지까지 짐작해 내는 것은 불가능하다.

그래서 이안은 일단 퀘스트 내용을 읽어 내려가기 시작하였다.

저 유령 같은 녀석을 공격하기에 앞서 퀘스트 내용부터 확인해 보려는 것이다.

'섣불리 선공을 하는 것은 좋지 않겠어.'

이어서 퀘스트 내용을 읽어 내려가는 이안의 두 눈이 반짝반짝 빛나기 시작하였다.

몽환의 숲

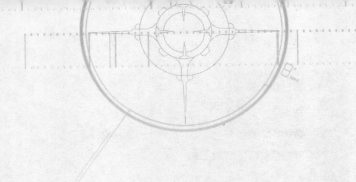

버려진 요정의 비밀 Ⅰ

몽환의 숲은 과거 축복의 땅이었다.

언제나 활력과 생명력이 넘치고 푸르른 대지의 힘으로 가득한 곳.

하지만 요정들이 떠난 이후로 이곳은 저주의 땅이 되었다.

……중략……

몽환의 숲에 숨겨진 대지의 제단을 찾기 위해서는 요정들이 남긴 흔적을 먼저 찾아내야 한다.

그리고 당신은 지금 요정으로 추정되는 영혼의 잔재를 발견하였다.

그에게 접근하여 요정들이 남긴 흔적에 대해 알아보자.

몽환의 숲에서 구할 수 있는 '꿈의 조각'들을 모아 그에게 가져간다면 그의 기억을 공유받을 수 있을 것이다.

―퀘스트 난이도 : A―

―퀘스트 조건

*꿈의 조각 ×10 획득

*NPC'아루루'에게 꿈의 조각 전달.

―보상

*버려진 요정의 비밀 Ⅱ 연계 퀘스트 수령

*클리어 등급에 비례하여 골드와 경험치 획득.

―퀘스트를 수락하시겠습니까?

퀘스트의 내용은 일단 심플했다.

스토리 배경과 정황을 고려했을 때에는 분명 복잡하고 깊은 이야기들을 담고 있을 게 분명한 퀘스트였지만, 당장은 이 아루루라는 녀석에게 꿈의 조각이라는 걸 가져다주면 되는 간단하고 명확한 퀘스트였으니 말이다.

'몬스터인 줄 알았는데…… NPC였잖아?'

그래서 이안은 일단 이 녀석에게 다가가서 말을 걸어 보기로 했다.

꿈의 조각이라는 것을 무작정 구하기보다는 그것을 필요로 한다는 이 NPC에게 물어보는 편이 더 빠를 것이니 말이다.

'유령 몬스터인 줄 알았더니…… 영혼의 잔재? 특이한 녀석이네.'

그리고 이안의 이러한 판단은 틀리지 않았다.

아루루에게 말을 걸지 않았더라면 이안은 결코 꿈의 조각
을 구할 수 없었을 테니까.

아루루에게 처음 다가갔을 때, 녀석은 같은 말만 계속 반
복하고 있었다.

-내가 누군지 모르겠어…….

-아루루는 왜 여기 있는 거지?

-아루루는 아무것도 기억이 안 나, 아무것도……!

정처 없이 숲 속을 걸어 다니며 계속해서 같은 말만 반복
하고 있던 '아루루'라는 이름의 NPC.

녀석은 뭔가 상당히 불안에 떨고 있는 모습이었다.

그래서 이안은 아주 조심스레 그에게 말을 걸었다.

"저기……."

하지만 그렇게 조심스레 말을 꺼냈음에도 불구하고.

이안의 목소리를 들은 녀석은, 소스라치게 놀라며 바닥에
엉덩방아를 찧었다.

-으아앗! 다, 당신은 누구야?

"깜짝이야!"

말을 건 이안조차도 화들짝 놀라서 당황했을 정도로 격렬
하게 말이다.

-아니, 왜 당신이 놀라는 거야?

"갑자기 바닥에 주저앉으니까 놀라지!"

-놀랐으니까 주저앉지!

"……"

수많은 NPC들을 경험해 온 이안이지만, 이 아루루라는 녀석은 정말 특이했다.

일단 외모부터가 평범하지 않았다.

마치 귀족처럼 새하얗고 예쁜 이목구비에 엘프처럼 뾰족한 귀를 가졌으면서도, 복장은 평범한 레인저처럼 낡은 래더 아머와 가죽 부츠를 입고 있었으니까.

게다가 인체 비율만 보면 성숙한 여성의 모습임에도 불구하고 평범한 사람보다 작은 체구를 가지고 있어 조금 위화감이 들기도 했는데, 그 때문에 이안은 이 녀석이 '요정'종족이라는 확신을 가질 수 있었다.

'그나저나 경계심이 엄청나네. 친밀도를 어떻게 올려야 하나……?'

그래서 이안은 고민이 되었다.

다짜고짜 퀘스트에 대한 이야기를 꺼냈다가 친밀도가 내려간다면 퀘스트 진행에 더 큰 애로 사항이 발생할 게 분명했으니 말이다.

"놀라게 해서 미안해."

-흥. 미안한 걸 알았다면 다행이야.

하지만 다년간의 카일란 노하우를 가진 이안은 어떤 식으로 말을 이어 가면 될지 금세 깨달을 수 있었다.

'아무래도 기억상실 콘셉트의 NPC인 것 같은데…….'

아루루의 혼잣말로 미루어 봤을 때, 그녀에게 지금 필요한 게 뭔지 알 수 있었던 것이다.

"혼자 외롭게 숲을 헤매고 있는 것 같아서 도와주려고 말을 걸었어."

-네가…… 도와준다고?

"응. 실제로 도움이 될 수 있을지는 모르겠지만 적어도 말 동무 정도는 되어 줄 수 있지 않을까?"

-……!

"난 이안이야. 네 이름은 뭐야?"

-나, 난……. 내 이름이 뭐였지? 모, 모르겠어……!

"혹시 네 이름, 아루루 아니야?"

-헉, 맞는 것 같아! 그걸 어떻게 알았지?

중간에 저절로 욕이 튀어나올 뻔하기도 했지만…….

'아니 지가 계속 중얼거렸으면서…….'

그 또한 잘 참아 내었다.

"네가 중얼거리는 걸 들었어."

-맞아……! 아루루. 난 아루루야!

띠링-!

-'아루루'가 약간의 기억을 되찾았습니다.

　　-'아루루'와의 친밀도가 5만큼 증가합니다.

그럼에도 고비(?)는 계속 찾아왔지만 말이다.

"……."

-그러면 이안, 혹시 날 좀 도와줄 수 있을까?

'젠장 도와준다고 했잖아!'

이안은 아루루가 그냥 머리를 조금 다친(?) NPC라고 생각하기로 했다.

단순히 기억을 잃어버린 녀석이 아니라 단기 기억상실증을 패시브로 가지고 있는 녀석이라고 말이다.

그러자 답답함이 조금 가시는 것 같기도 했다.

"내가 뭘 도와주면 될까?"

-기억을 찾고 싶어.

"기억?"

-내 기억을 찾을 수 있도록 도와줘.

"어떻게 도와줄 수 있을까?"

-내 잃어버린 꿈의 조각들이 필요해.

"꿈의…… 조각?"

-어제 밤에 꾼 꿈.

"……?"

-그 꿈을 도둑맞았어. 도둑맞은 꿈의 조각들을 찾는다면 기

억이 조금 돌아올 것도 같아.

"누구한테 도둑맞았는데?"

–위습들이 내 꿈을 훔쳐 갔어.

이안이 침착함을 유지한 덕분인지, 아루루와의 대화는 꽤
진척이 이뤄졌다.

그리고 다음 순간.

띠링–!

새로운 시스템 메시지가 다시 이안의 눈앞에 떠올랐다.

–조건이 충족되었습니다.

–NPC '아루루'로부터 '영혼의 목걸이' 아이템을 획득하였습니다.

'아이템……?'

–자, 이안. 이걸 받아.

"이게 뭐야?"

–이걸 목에 걸면, 내 꿈을 훔쳐 간 위습들을 찾을 수 있을
거야.

이안은 목걸이를 장착하기 전에 일단 정보를 확인해 보았
다.

영혼의 목걸이

분류 : 목걸이 (퀘스트 아이템)

등급 : 영웅

가격 : 알 수 없음

영혼의 힘이 담겨 있는 고대의 유물입니다.

고대 영매사들의 주술력으로 만들어진 아티펙트로 추정됩니다.

*고유 능력

-영혼의 눈

활성화 시 '유령'타입 몬스터들을 볼 수 있게 됩니다.

-지속 시간 : 360초

-재사용 대기 시간 : 1,500초

*귀속 아이템입니다.

다른 유저에게 양도하거나 팔 수 없으며 캐릭터가 죽더라도 드롭되지

않습니다.

그리고 그 내용을 확인함과 동시에 두 눈에 이채가 어렸
다.

'유령을 볼 수 있게 해준다고?'

비록 퀘스트 아이템이며 특별한 옵션이 전혀 붙어 있지 않
았지만, '유령'을 볼 수 있게 해 주는 아이템이라는 사실만으
로도 크게 흥미가 동했으니 말이다.

'시간이 지나면 사라지는 아이템도 아닌 것 같고⋯⋯.'

물론 이 목걸이를 장착한다면 액세서리 한 피스의 옵션을
전부 포기해야 한다는 페널티는 있다.

하지만 이 목걸이로 인해 유령이라는 새로운 타입의 몬스터들을 접하게 될 수 있다는 사실만으로도, 소환술사인 이안에게는 커다란 매리트가 느껴진 것이다.

그래서 이안은 아루루가 시키는 대로 영혼의 목걸이를 목에 걸었고…….

띠링-!

-'영혼의 목걸이' 아이템을 장착하였습니다.

곧바로 '영혼의 눈' 고유 능력을 활성화시켰다.

-'영혼의 눈' 고유 능력을 사용하였습니다.

하지만 이안은 곧, 자신이 너무 성급했음을 깨달을 수 있었다.

고유 능력을 발동하자마자, 이안의 시야에 하얀 안개 같은 것들이 몽글몽글 피어나기 시작했으니 말이다.

-이제부터 '유령(Ghost)'타입의 몬스터들이 시야에 드러납니다.
-이제부터 '유령(Ghost)'타입 몬스터들의 어그로를 50%만큼 추가로 받습니다.

그리고 이안이 메시지를 확인한 다음 순간…….

-쉬이익-!

-기분 나쁜 인간이다!

-쉬익- 쉬이익-!

-저 인간을 쫓아내자!

이제까지는 보이지 않았던 작고 동글동글한 유령들이, 이안을 향해 다가오기 시작하였다.

-위습 : Lv75

-위습 : Lv72

……후략……

대충 봐도 10마리가 넘는 70레벨대의 몬스터들이 순식간에 이안을 포위해 버린 것.

"젠장."

하지만 서 욕을 뱉을 뻔한 이안과 다르게 옆에 있던 아루루는 태평하기 그지없는 모습이었다.

-위습들에게서 내 꿈을 되찾아 줘. 이안, 부탁할게.

그리고 그런 그녀에게 이안이 할 수 있는 대답은 하나뿐이었다.

"……해 볼게. 해야지, 뭐."

이안은 유령 타입의 몬스터들을 처음 상대해 봤다.

마계나 명계 등의 중간계를 넘나들며 영혼 개념의 몬스터들을 상대했던 적은 있었지만, 이렇게 대놓고 종족이 '유령'인 녀석들을 만나 본 것은 처음인 것이다.

'신기한 녀석들이네.'

일단 유령 타입의 가장 큰 특징은 '보이지 않는다.'는 것이었다.

영혼의 목걸이에 붙어 있는 고유 능력인 '영혼의 눈'을 사용하지 않으면 암살자의 은신 상태처럼 보이지조차 않는 것.

-키리릭-! 죽어라, 인간!

물론 암살자 클래스와 마찬가지로 공격하는 순간 모습이 드러나기는 한다.

하지만 한 번 사용하면 재사용 대기 시간이 있는 은신 스킬과 다르게 이 유령 녀석들은 공격 직후 곧바로 다시 시야에서 사라져 버렸고.

그랬기에 이안이 녀석들을 처치할 수 있는 시간은 사실상 '영혼의 눈'이 활성화된 6분 동안일 뿐이었다.

-비겁한 인간이다!

"내가 뭐가 비겁해?"

-자꾸 공격을 피한다!

"……그럼 맞아 주랴?"

게다가 한 가지 더.

이 유령 타입 몬스터들이 가장 까다로운 것은 물리 공격이 거의 통하지 않는다는 것이었다.

전투가 시작되자마자 이안은 평소처럼 화살을 쏘아 대었지만…….

피핑- 피피핑-!

그 위력은 평소의 반절밖에 되지 않는 수준이었다.

 -'위습'에게 공격이 명중하였습니다!
 -'유령' 타입의 몬스터이므로 물리 피해를 입힐 수 없습니다.

 -으헤헤헤! 멍청한 인간이 유령한테 화살을 쏜다!
 -멍청해!
 -바보 같은 인간!

그나마 다행인 것은 이안의 화살이 조금 특별하다는 사실이었다.

 -위력이 반감됩니다.
 -'위습'의 생명력이 2,740만큼 감소합니다.

이안이 베리타스 서버에 환생(?)하면서 얻은 '권능의 화살'

은 이안이 가진 신력을 담을 수 있는 화살이었고.

신력으로 증폭된 위력은 물리 피해로 적용되지 않아 그만큼은 피해를 입힐 수 있었던 것이다.

'뭐 이런 사기적인 종족이 다 있어?'

그래서 이안은 처음 전투가 시작됐을 때 적잖이 당황했다.

6분 내에 이 위습들을 전부 잡아 내는 것이 쉽지 않을 것 같았으며…….

'영혼의 눈이 끝나면 일단 도망이라도 다녀야 하나……?'

게다가 위습들의 공격력이 무시할 만한 수준이 아니었기 때문에, 자칫하면 위험한 상황이 될 수도 있겠다는 생각이 든 것이다.

"으으……!"

하지만 다음 순간.

-끼에에엑-!

-마수다!

-도망쳐!

이안은 이번엔 또 다른 이유로 당황해야만 했다.

-소환수 '베티'가 '초음파 공격'을 발동합니다.

-'위습'에게 치명적인 피해를 입혔습니다!

-'위습'에게 치명적인 피해를 입혔습니다!

……중략……

－소환수 '베티'가 고유 능력 '피의 군림'을 발동합니다!
－'위습'이 공포 상태에 빠졌습니다!
－'위습'을 성공적으로 처치하셨습니다!

생각지도 못했던 곳에서 이 모든 난관을 파괴해 버릴 구원투수가 등판했으니 말이다.
베티는 마수가 아니다.
'마수형 소환수지.'
베티에게서 분명 마기 비슷한 기운이 느껴지기는 하지만, 이안이 알던 마수와 마수형 소환수는 확실히 다른 개념이다.
하지만 그런 것을 다 떠나…….
'이건 말이 안 되잖아?'
이안은 지금 상황을 도무지 이해할 수 없었다.

－소환수 '베티'가 '위습'을 처치하였습니다.
－소환수 '베티'가 '위습'을 처치하였습니다.
－소환수 '베티'가…….

비록 희귀 등급이긴 하더라도 위습들의 레벨은 70레벨 초반의 몬스터이다.
반면에 베티의 레벨은 이제 40레벨 정도일 뿐.
물론 베티의 공격들은 물리 타입 공격이 아니었기 때문에 유령들에게 대미지가 반감될 이유는 없었지만, 그렇다고 해도 그뿐이다.

그것이 이렇게까지 고레벨 몬스터들을 압도적으로 쓸어버릴 수 있는 이유가 될 수는 없는 것이다.

'베티가 확실히 강력하긴 하지만, 그래도 DPS가 내 활보다 높은 수준은 아닌데…….'

처음에는 위습들의 반응 때문에 이것이 상성으로 인한 전투력인 줄 알았다.

그래서 마수형 몬스터와 유령 종족 몬스터들 간에 테이밍 마스터인 이안조차도 모르던 새로운 상성이 존재할지도 모른다고 생각한 것이다.

하지만 최종적으로 그러한 상성 때문은 아니라고 결론지었는데, 그 근거는 간단했다.

상성으로 인한 전투력 우위일 경우, 다음과 같은 시스템 메시지가 떠올라야 하는데…….

―상성 우위로 인해, 위력이 크게 증폭됩니다!

이안이 확인한 메시지 안에는 어디에도 상성과 관련된 내용이 없었으니 말이다.

'흠, 물론 좋은 게 좋은 거긴 하지만…….'

그래서 전투가 끝났을 때, 이안은 몹시 궁금해졌다.

"베티, 잘했어."

뀨룩— 뀨루룩—!

"역시 우리 베티가 효자라니까."

뀨루룩!

어떤 이유로 베티가 평소보다 훨씬 강력한 힘을 낼 수 있었는지 말이다.

'몽환의 숲을 돌다 보면 그 이유도 알 수 있게 되려나.'

어쨌든 이러한 베티의 활약 덕에, 이안은 무척이나 손쉽게 첫 번째 퀘스트를 클리어할 수 있었다.

띠링—!

　　—'꿈의 조각' 아이템을 획득하였습니다.
　　—현재까지 획득한 꿈의 조각 : ×10
　　—조건이 충족되었습니다.

꿈의 조각은 위습 한 마리당 정확히 한 개씩 드롭되었기 때문에, 곧바로 퀘스트 조건을 충족할 수 있었던 것이다.

"자, 네가 잃어버렸다는 꿈의 조각들이야."

—우와! 정말이잖아?

"어때. 내가 꽤 도움이 되지?"

—물론이야, 이안! 정말 고마워……!

이안으로부터 꿈의 조각들을 건네받은 아루루는 환하게

웃으며 기뻐했으며, 그와 동시에 퀘스트는 완료되었다.

'버려진 요정의 비밀 Ⅰ' 퀘스트를 성공적으로 클리어하였습니다.
—클리어 등급 : S

간단한 퀘스트였던 만큼 보상도 심플했지만 획득한 기본 보상들의 수치는 어마어마한 수준!

—클리어 등급에 비례하여, 골드를 획득하였습니다.
—클리어 등급에 비례하여, 경험치를 획득하였습니다.
—레벨이 올랐습니다!
—41레벨이 되었습니다.

그것은 이안이 레벨에 비해 훨씬 더 높은 수준의 퀘스트를 클리어했기 때문일 터였다.

—'아루루'가 꿈을 되찾았습니다.
—'꿈'을 통해 아루루가 기억을 조금 더 회복합니다.

그리고 이렇게 기분 좋은 메시지들의 끝에, 드디어 이안이 기다렸던 한 줄의 메시지가 추가로 떠올랐다.

-조건이 충족되었습니다.

　-'버려진 요정의 비밀 II' 연계 퀘스트를 수령하였습니다.

　이안은 흥미로운 표정으로 새로 얻은 퀘스트 창을 오픈하였고…….

　-'아루루'가 자신의 기억을 공유합니다.

　시나리오 진행과 함께, 이안의 시야가 하얀 빛으로 뒤덮였다.

✖

　아루루는 과거, 요정들의 왕국 '라세니아'의 엘리트 정찰대원이었다.

　어린 나이부터 요정들의 여왕 '아리아'에게 궁술을 사사해 촉망받는 요정족의 사냥꾼으로 성장한 엘리트 정찰대원.

　그녀는 라세니아 왕국을 사랑했고, 여왕 아리아를 존경했으며.

　자신과 함께 나고 자란 라세니아의 왕녀 슈린의 둘도 없는 친구였다.

　"아루루, 오늘은 요정의 숲 밖으로 정찰을 나갈 거야."

"준비하겠습니다, 대장."

"우리끼리 있을 때는 그렇게 딱딱하게 얘기하지 말라니까?"

"헤헤, 하지만 그럴 수 없습니다, 대장."

"왜?"

"제가 다른 대원들에게 더 모범이 되어야지요."

"쳇, 고지식하기는……."

아루루는 자신의 친구이자 상관인 슈린과 함께 정찰대의 임무를 수행하며 힘들지만 행복한 나날을 보내고 있었다.

적어도 이안이 공유받은 아루루의 기억 속에서 그녀는 무척이나 행복해 보였다.

'재밌네. 요정들의 왕국이라…….'

하지만 그렇게 행복한 기억들이 파노라마처럼 펼쳐지던 도중…… 비극은 결국 시작되었다.

"아루루! 큰일났어!"

"무슨 일입니까, 대장?"

"방금 엘린님께서 다녀가셨는데, 카린의 정찰대와 연락이 두절됐대."

"연락…… 두절요?"

"아무래도 우리가 수색을 나서야 할 것 같아."

"넵! 준비하겠습니다!"

"지난번에는 세리에가 실종되더니……. 정말 무슨 일이

일어나는 건 아니겠지?"

"이번에야말로 원인을 찾아내야죠!"

요정 왕국 정찰대원들의 연이은 실종.

그리고 그 원인을 찾아 나선 아루루를 포함한 슈린의 정찰대원들.

"슈린 님, 더 이상 진입하기 힘들 것 같습니다. 뭔가 위험한 기운이 느껴져요."

"이건…… 강력한 마기야, 아루루."

"네에?"

"분명해. 심장이 두근댈 정도로 진하게 느껴지는 음습한 피의 기운……."

"……!"

"왕께서 말씀하신 적이 있어. 마족들만이 이 정도로 끈적거리면서도 진한 피의 기운을 뿜어낸다고 말이지."

"그럼……."

아루루의 기억 속 그녀의 정찰대원들은 결국 위험한 길로 들어서고 말았다.

"아루루."

"네, 슈린 님."

"조금 위험하더라도, 끝까지 추적해 보자."

"……!"

"난 우리 정찰대원들을 믿어. 정말 강력한 마족이 이 안에 있다고 하더라도 우리 힘이면 충분히 이겨 낼 수 있을 거야."

"하지만……."

"무엇보다 여긴 우리 요정들의 땅이잖아?"

"알겠습니다, 슈린 님."

놀랍게도 천공의 고원에서 탐색한 끝에 정찰대가 찾아낸 악의 근원은 요정들의 요람과도 같은 곳인 요정의 숲 안에 존재했다.

그래서 슈린과 아루루 그리고 정찰대원들은 마기가 가득한 숲의 안쪽까지 탐험하게 되었다.

그리고 그곳에서…….

"그러지 마, 아루루……!"

단발마의 비명과도 같은 슈린의 목소리와 함께, 아루루의 기억은 끝이 나게 되었다.

───

'……뭐야, 왜 여기서 끊어!'

그래서 흥미진진하게 아루루의 기억을 보고 있던 이안은 순간 소리를 버럭 지를 수밖에 없었다.

한참 재밌게 보던 드라마가 예고도 없이 중간에 끝나 버린 느낌이랄까?

하지만 이안의 그러한 불만과 관계없이 하얀 빛으로 가득

차 있던 시야는 점점 원래대로 돌아오기 시작하였고.

이안의 눈앞에는 아루루가 무릎을 꿇은 채 흐느끼고 있었다.

"흑, 흐흑! 슈린 님……."

기억을 일부 찾았기 때문인지, 반투명한 유령 같던 아루루의 형상이 조금 더 선명해졌다.

그리고 마치 유령의 목소리처럼 허공에 웽웽 울리는 듯했던 아루루의 목소리 또한 좀 더 또렷하게 바뀌어 있었다.

이안은 그런 그녀를 향해, 조심스레 물어보았다.

"기억을 전부 찾은 거야?"

이안이 공유받은 기억은 절단 신공(?)에 의해 잘려 있었지만 아루루는 혹시나 기억을 다 찾은 것일지도 몰랐으니 말이다.

아루루가 기억을 만약 찾은 것이라면 이안이 지금 그녀에게 하고 싶은 말은 바로 이 한마디.

'그래서 어떻게 된 건데?'

하지만 아쉽게도 아루루가 찾은 기억도 이안이 공유받은 거기까지일 뿐이었다.

"이 숲, 아름답던 우리 요정의 왕국……."

"……?"

"이곳에 이런 음침한 마기가 끼었다는 건, 우리 라세니아 왕국에 안 좋은 일이 생겼다는 거겠지, 이안?"

"그, 그야 알 수 없지, 아직은."

아루루는 무릎을 꿇고 있던 자세 그대로 이안의 손을 덥석 붙들어 잡았다.

"나, 나를 조금 더 도와줘, 이안!"

"으응?"

"부탁이야. 내 잃어버린 기억들을 더 찾아야겠어. 우리 라세니아 왕국이…… 슈린 님이…… 어떻게 된 건지 꼭 알아야겠어!"

"그, 그래. 알겠어. 일단 진정 좀 하고……."

그리고 이안은, 그녀를 진정시키기 위해 식은땀을 흘려야만 했다.

"기억을 되찾으면 슈린 님을 다시 만날 수 있지 않을까?"

"분명히 그럴 거야."

"여왕님도 다시 뵐 수 있겠지?"

"그렇다니까?"

"흑, 흐흑……."

"내가 도와줄게, 아루루. 어떻게 도와주면 되는데?"

하여 눈물을 흘리던 아루루가 겨우 진정했을 때.

띠링—!

이안의 눈앞에 드디어 새로운 퀘스트 창이 떠올랐다.

그리고 그 안에는 또 새로운 흥미진진한 내용들이 담겨 있었다.

버려진 요정의 비밀 II

당신은 아루루의 기억을 공유받았고, 그녀에게 어떤 일들이 있었는지 알게 되었다.

그리고 그녀의 기억 속에는, 이곳 몽환의 숲을 잠식한 강력한 어둠의 기운과 관련된 단서가 드러나 있었다.

……중략……

그녀의 안내를 따라 이동하여, 어둠의 근원을 파헤쳐 보도록 하자.

그곳 곳곳에 숨겨져 있는 기억의 조각들을 찾는다면 아루루가 잃어버린 기억들을 좀 더 많이 복원할 수 있을 것이다.

그리고 그 기운에 잠식되어 버린 대지의 제단들도 복원할 수 있는 단서를 얻어 낼 수 있을 것이다.

-퀘스트 난이도 : A+

-퀘스트 조건

*기억의 조각 ×15 획득

*NPC'아루루'에게 기억의 조각 전달

-보상

*버려진 요정의 비밀 III 연계 퀘스트 수령

*클리어 등급에 비례하여, 골드와 경험치 획득

*'아루루'와의 친밀도 +30

*어둠의 마석 ×10

-퀘스트를 수락하시겠습니까?

퀘스트 내용을 전부 확인한 이안의 시선은 다시 '대지의 제단'이라는 문구에 고정되었다.

'이게 이렇게 이어지는구먼?'

원래 이안이 이 몽환의 숲을 찾아오게 됐던 가장 큰 이유인 대지의 징표.

그것을 가장 쉽게 얻을 수 있는 장소인 대지의 제단과 관련된 단서가 아루루의 퀘스트를 통해 일부 풀린 것이니 말이다.

'크, 역시 이런 재미에 퀘스트 하지!'

게다가 한 가지 더.

NPC 아루루가 직접 언급하지는 않았지만, 이안은 이 퀘스트가 몽환의 숲의 핵심 시나리오와 관련되어 있다는 사실도 알 수 있었다.

어쩌면 퀘스트의 끝은 어둠의 기운에 잠식된 몽환의 숲을 다시 요정의 숲으로 복원하는 것이 될 수도 있을 터.

'재밌네.'

이 퀘스트 자체가 소환술사의 메인 퀘스트와 연계되어 있는 만큼…….

어쩌면 아루루의 기억을 통해 엿봤던 강력한 힘을 가진 요정족을 소환수나 가신으로 영입할 수 있을 기회가 생길지도 모를 일이었다.

"좋아, 아루루. 가자."

"정말 고마워, 이안. 이 은혜는 꼭 보답하도록 할게."

그래서 이안은 서슴없이 아루루의 뒤를 따라 연계 퀘스트를 클리어하기 위해 이동하였다.

　하지만 이때만 해도 이안이 짐작하지 못한 사실이 한 가지 있었으니…….

　그것은 바로 이 퀘스트가, 현재 이안의 최애 소환수(?)인 베티와도 연계되어 있다는 사실이었다.

＊

　아루루를 따라 몽환의 숲 안쪽으로 진입하던 이안은 여러 가지로 놀랄 수밖에 없었다.

　첫째로 이안을 놀라게 한 것은, 이 '몽환의 숲'이라는 맵의 규모.

　히든 필드라고 해서 넓어 봐야 대규모 인스턴트 던전 수준일 것이라고 생각했는데, 몽환의 숲은 어지간한 오픈 필드와 비교해도 꿀리지 않을 정도로 넓은 면적을 가지고 있었던 것이다.

　만약 처음에 운 좋게 아루루를 만나지 않았더라면 아직까지 숲을 떠도는 아루루를 찾아내지 못했을지도 모를 정도.

　'맥락상 아루루도 도르무처럼 마음대로 맵을 떠도는 NPC인 것 같은데……. 운 나빴으면 정말 지옥을 맛봤겠군.'

　그리고 두 번째로 이안을 놀라게 한 것은 바로 아루루의 강력한 전투력이었다.

아루루의 화살 한 발 한 발이 신력으로 증폭된 이안의 화살과 비교해도 결코 약하지 않았으니 말이다.

'이 녀석도 베티처럼 네임드여서 그런 건가? 상당히 강력하네.'

물론 표면적으로 생각하면 40레벨대인 이안의 화살보다 73레벨인 아루루의 화살이 강한 것이 당연하다고 여길 수 있다.

하지만 신격 시스템을 확실하게 이해하고 있는 이안의 입장에서는 결코 당연하지 않은 것.

'처음 봤을 때는 비실비실하고 허약할 줄 알았는데…….'

그래서 이안은 끊임없이 전투하면서도 아루루의 전투를 주의 깊게 지켜보았다.

─파티원 '아루루'가, 고유 능력 '요정의 화살'을 발동합니다.

핑─ 피피핑─!

─'코마이누'에게 치명적인 피해를 입혔습니다!

그리고 그 결과, 아루루의 화살이 강력한 것이 단순히 공격력이 강하기 때문만이 아니라는 사실을 알 수 있었다.

－'코마이누'의 민첩성을 20%만큼 훔쳐 옵니다.

　－'아루루'의 움직임이 빨라집니다.

　－'아루루'가 고유 능력 '대지의 결속'을 발동하였습니다.

　－'대지'속성 아군의 모든 전투 능력이 대폭 상승합니다!

　이안이 판단하기에 아루루의 강력함은 바로 그녀가 가진 특별한 고유 능력들에서 나오는 것이었으니까.

　－파티원 '아루루'의, 고유 능력 '요정의 숲'효과가 적용됩니다.

　－모든 대지 속성 아군의 물리 공격력과 모든 바람 속성 아군의 마법 공격력이 20%만큼 증가합니다!

　이안이 파악한 그녀의 세 가지 고유 능력들은 상당히 흥미로운 것들이었다.

　'강력한 속성 버프가 부여되는 대지의 결속이나 요정의 숲도 좋아 보이지만……. 역시 제일 탐나는 고유 능력은 역시 요정의 화살이야.'

　아루루의 고유 능력들 중에는 베티의 고유 능력처럼 특별히 강력한 공격 기술은 없다.

　하지만 유틸 능력들이 워낙 짜임새 있고 강력해서 결국 전투에서 발휘되는 영향력은 베티보다도 더 강력한 것.

　그중에도 특히나 대상의 민첩성을 훔쳐 오는 고유 능력

인 '요정의 화살'은 활용하기에 따라 엄청나게 유용한 스킬이었다.

피격된 대상의 민첩성을 비율로 훔쳐 오는 기술이다 보니 스텟이 높은 보스를 상대로 사용하면 어마어마한 위력을 낼 게 분명하였다.

'민첩성에 특화되어 있는 보스를 상대로 요정의 화살을 적중시키면…… 그 보스와의 전투 난이도가 거의 절반으로 내려갈 수도 있겠어.'

그래서 이안은 아루루와 파티 사냥을 하는 내내 그녀의 전투력에 군침을 흘릴 수밖에 없었다.

시스템상 가능할지는 아직 미지수지만, 그녀를 소환수로 부릴 수 있다면 파티 전투력이 배로 강력해질 테니 말이다.

'아니면 아루루로부터 요정의 화살 스킬을 배울 방법이라도 있으면 좋을 텐데…….'

그런데 이안이 그런 생각을 하고 있던 그때.

열심히 화살을 쏘아 대며 앞으로 나아가던 아루루가 문득 이안을 향해 입을 열었다.

"이안, 여기서 잠깐 정비하는 게 좋을 것 같아."

정신없이 전투하며 생각에 잠겨 있는 동안 어느새 목적지에 도착한 것이다.

"이제 다 온 거야?"

아루루가 고개를 끄덕이며 말을 이었다.

"맞아. 저기 능선만 넘으면, 내 기억 속에서 봤던…… 그곳이야."

아루루의 목소리는 떨리고 있었다.

잃어버린 기억의 조각들 중 가장 중요한 조각이 있을지도 모르는 장소.

그곳을 마주하니 진정시켰던 마음이 다시 동요하는 것이다.

그래서 이안은 아쉽지만, 하려던 이야기를 꾹 눌러 삼킬 수밖에 없었다.

'크흑, 내 경험치들…….'

원래 이안은 필드에 남은 몬스터를 다 잡은 뒤에 퀘스트 장소로 넘어가고 싶었지만…….

그 이야기를 꺼냈다가는 아루루와의 친밀도가 훅 떨어져도 이상하지 않았다.

그래서 이안은 군말 없이 정비를 시작하였고, 잠시 후 다시 아루루가 입을 열었다.

"좋아. 난 준비됐어, 이안."

"잠깐. 우리 초록이 회복 좀 시켜 주고."

"초록이라니?"

크룽-!

"아, 이 친구 이름이 초록이거든."

"우, 우와! 늑돌이 이름 예쁘다!"

크르룽-!

어느새 '초록이'라는 이름도 생긴 어스 울프는 이안과 아루루의 대화가 마음에 들지 않는지 크르렁거렸지만, 누구도 초록이의 불만을 신경 쓰지는 않았다.

심지어 베티조차도 말이다.

뀨룩- 뀨루룩-!

하여 모든 준비를 마친 이안은, 아루루의 뒤를 따라 천천히 깊은 숲 안쪽으로 걸음을 들였다.

그리고 슬슬 음침한 기운이 짙게 깔릴 즈음.

띠링-!

이안의 눈앞에, 새로운 시스템 메시지가 떠올랐다.

　　-강력한 악령의 힘에 '아루루'의 기억이 반응합니다.

　　-'깊은 숲 아루루'가 나타났습니다!

이안은 처음 메시지를 읽었을 때, 고개를 갸웃할 수밖에 없었다.

'깊은 숲 아루루라고? 이건 또 뭐지?'

아루루라는 이름은 카일란에서 그렇게 흔한 이름이 아니다.

일단 수년간 카일란이 곧 인생이었던 이안조차도 처음 보는 이름이었으니까.

때문에 공교롭게 이 시점에 그런 이름을 가진 동명의 존재가 나타나는 것은 불가능하다고 생각했다.

그래서 이안은 이렇게 생각했고…….

'아루루의 또 다른 자아라도 되는 건가……?'

그 생각은 절반 정도만 맞는 것이었다.

프스스스–!

잠시 후 이안의 눈앞에 나타난 실루엣은 분명 아루루의 그것과 흡사했으며.

"……!"

그것을 발견한 아루루가 우뚝 멈춰 다음과 같이 말했으니 말이다.

"이건…….."

"음?"

"과거의 '나'인 것 같아."

"뭐라고?"

"내 본능이 그렇게 얘기하고 있어."

"……!"

"아마도 강력한 권능을 가진 악령이…… 실체화 권능을 사용한 것 같아."

이안은 '실체화 권능'이라는 말을 처음 들었다.

하지만 오전에 엿본 아루루의 기억과 지금의 정황, 그리고 수행중인 퀘스트의 내용으로 미루어 보았을 때…….

'아루루가 잃어버린 기억. 그걸 실체화했다는 말인 건가?'

이렇게 꽤 사실에 근접한 해답을 찾아낼 수 있었다.

스하아아아—!

이안과 아루루의 앞에 나타난 검보랏빛의 기운이 실루엣을 따라 휘감기며 점점 그 형체가 명확하게 드러나기 시작했다.

그리고 잠시 후.

척—!

'그것'은 아루루와 복장을 제외하면 완전히 같은 모습을 갖춘 채 두 사람을 향해 천천히 다가오기 시작하였다.

저벅— 저벅—.

—깊은 숲 아루루(영웅) : Lv. 80

등급은 아루루와 같은 영웅 등급이지만, 레벨은 7레벨이나 더 높은 아루루의 쌍둥이.

이안과 아루루의 앞으로 다가선 녀석은, 날카로운 표정으로 천천히 입을 열었다.

—너는 대체 누구지?

그녀의 물음은 당연히 아루루를 향한 것.

긴장한 표정으로 마른침을 삼킨 아루루가 천천히 입을 열었다.

"네가 보는 그대로야."

—그대로라고?

"나는 너. 그리고 너는 곧 나지."

—웃기는군.

"왜? 거짓말이라고 생각해?"

—설마 내가 이번에도 또 속을 거라고 생각하는 건 아니겠지?

"또……? 그게 무슨 말이지?"

—헛소리 말고 덤벼, 이 간악한 악령들! 내가 전부 다 소멸시켜 줄 테니까.

환영의 이야기에 이안은 나름대로 상상의 나래를 펼치기 시작했다.

처음 이 퀘스트를 시작할 때부터 이안은 스토리에 너무 몰입한 나머지 여러 가지 추측을 하고 있었던 것이다.

'아루루는 과거에도 자신을 복제한 악령을 상대했던 적이 있었고……. 지금 이 녀석은 그 당시의 아루루가 가지고 있던 기억을 바탕으로 만들어진 악령인 건가?'

하지만 그것은 이안의 상상일 뿐.

아루루는 적잖이 당황한 표정이었고…….

"대체 그게 무슨 말이야! 내가 곧 너라니까?"

—헛소리는 지옥에 가서 하시지!

두 아루루의 목소리가 울려 퍼짐과 동시에, 결국 전투는 시작되었다.

피핑- 피피핑-!

"으아앗!"

갑작스레 쇄도한 화살에 당황한 나머지 그대로 한쪽 어깨를 내주고 만 아루루.

　-파티원 '아루루'가 치명적인 피해를 입었습니다!

　-'맹독 투여' 효과로 인해 '아루루'가 지속 피해 상태에 빠집니다!

　-'깊은 숲 아루루'가 '가시덩쿨 함정' 고유 능력을 발동합니다.

　-잠시 동안 파티원 '아루루'의 생명력 재생 능력이 상실됩니다.

　-파티원 '아루루'가 맹독 상태에 빠졌습니다.

　……후략……

당황한 그녀를 향해 '깊은 숲 아루루'가 쇄도하였다.

그것은 꽤나 위험한 상황으로 보였다.

퀘스트의 조건에 따로 명시되어 있지는 않았지만, 퀘스트를 진행하는 npc인 '아루루'가 사망한다면 퀘스트가 소멸되는 것은 당연한 이치였으니 말이다.

'그렇게 둘 수는 없지.'

그래서 이안은 잽싸게 두 아루루의 사이로 끼어들었고.

파팍-!

그 순간 베티의 고유 능력인 초음파 공격이 '깊은 숲 아루루'를 향해 쏟아져 나왔다.

　—소환수 '베티'가 고유 능력 '초음파 공격'을 발동합니다.

　지이잉—!
　당황한 아루루와 다르게 상황을 객관적으로 보고 있던 이
안은 충분히 이러한 사태를 예상하고 있었기 때문에, 깔끔하
게 대처하여 추가 공격을 막아 낸 것이다.
　—넌…… 누구지? 인간으로 보이는데.
　하여 이번에는 역으로 당황한 '깊은 숲 아루루'가 이안을
향해 물었고, 그에 이안은 어깨를 으쓱하며 씨익 웃어 보였
다.
　"글쎄. 그게 의미가 있나?"
　—인간이 대체 왜 저 악령을 지키려는 거지?
　"퀘스트를 해야 하거든."
　—뭐……?
　"무슨 말인지 모르면 뒈져야지."
　말은 여유 있게 하고 있었지만 이 순간에도 이안의 머리는
팽팽 돌아가고 있었다.
　'자칫 실수하면 위험할 수도 있어.'
　이 '깊은 숲 아루루'는 분명 파티원인 '아루루'보다 더 강력
한 녀석이었고.

그렇다면 실수 없이 이안 본인의 능력을 최대한으로 다 활용하는 것은 물론 부상당한 아루루의 역량까지 전부 끌어내야 이길 수 있는 상대라고 판단한 것이다.

기이잉—!

"네놈을 잡으면 기억의 조각을 얻을 수 있겠지?"

—그게 무슨 소리야?

"뭐, 말해 주지 않아도 돼. 지금부터 직접 확인해 보면 되니까."

그래서 머릿속으로 계산이 끝난 순간, 이안은 숨 돌릴 틈조차 주지 않고 몰아붙이기 시작하였다.

핑— 피피핑—!

그리고 이안의 공격이 본격적으로 시작되자, '깊은 숲 아루루'의 주변을 맴돌던 검보라색 기운이 점점 더 강해지기 시작하였다.

—쓸데없이 오지랖이 넓은 인간이네.

"그러게?"

—그렇게 원한다면…… 너부터 죽여 주도록 하지.

"할 수 있으면 해 보든가."

이어서 이안과 아루루의 활시위가, 허공에서 동시에 당겨지기 시작하였다.

아루루의 기억

'깊은 숲 아루루'는 역시 강력했다.

레벨과 등급, 그리고 아루루라는 캐릭터의 특성.

그것들을 고려하여 이안이 예상했던 대로 강력한 전투력을 가지고 있었던 것이다.

'7레벨 차이는 결코 적은 수치가 아니지.'

하지만 결국 이안은 그녀를 제압하는 데 성공하였다.

이안의 전투력 자체도 그녀에게 결코 뒤지지 않았던 데다, 비록 부상당했을지언정 강력한 아루루의 지원 사격이 더해졌으니 말이다.

그래서 모든 생명력을 다한 '깊은 숲 아루루'는 천천히 부서져 갔다.

그리고 이와 동시에, 그녀가 남긴 기억의 편린들이 이안의
귓전을 파고들었다.

　-나는 결국 배신당했다.
　-라세니아 왕국은 결국 나를 저버렸으며.
　-나는 홀로 이 끝을 알 수 없는 심연 같은 어둠 속에 버
려져야 했다.
　-그러므로 나는 결코 용서치 않을 것이다.
　-이 어둠에서 벗어나는 날…… 나를 버린 이들에게 지옥
을 보여 주리라.

　까맣게 부서져 내리는 '깊은 숲 아루루'의 신형 사이에서
천천히 흘러나오는 익숙하고 나지막한 목소리.
　그것은 '깊은 숲 아루루'의 목소리이자, 그와 동시에 '아루
루'의 목소리였다.
　그리하여 이안은 그 목소리를 들으면서 '깊은 숲 아루루'가
가지고 있던 기억들을 엿볼 수 있었다.
　그리고 그것은…… 이안과 함께 자신의 환영과 싸운 '아루
루' 또한 마찬가지였다.
　하여 '아루루'의 눈에는 어느새 눈물이 고여 있었다.
　"아…….."
　제삼자인 이안이 느끼기에도 끔찍했던 아루루의 기억.

그녀는 악령이 만들어 낸 깊은 마기의 심연 속에서, 짐작할 수 없을 정도로 긴 시간 동안 홀로 악령들과의 사투를 벌여 나갔으며…….

그 끝에 결국 마기에 잠식당하고 말았다.

그래서 이안도 아루루와 마찬가지로.

낮은 침음만을 흘리며 부서져 가는 '깊은 숲 아루루'의 신형을 나지막이 응시하고 있었을 뿐, 다른 어떤 이야기도 하지 않았다.

아니, 정확히는 하지 못했다는 표현이 더 어울릴 터였다.

'이런 기구한 사연을 가진 NPC도 정말 오랜만이네.'

고통스러운 표정의 아루루와, 그런 그녀의 감정에 이입된 이안.

그런 그들을 향해 '깊은 숲 아루루'가 마지막으로 한마디를 남겼다.

-결국 이렇게……. 이렇게 나는 이겨 내지 못하였구나…….

'깊은 숲 아루루'는 소멸하기 직전까지도 이안과 아루루가 '악령'이라고 확신하고 있었다.

과거의 아루루는 '진짜 악령'과 마기에 의해 마음을 잠식당했었는데, 그때의 기억과 지금의 상황이 묘하게 겹치면서 이안과 아루루를 악령으로 착각한 모양이었다.

파스스슷-!

하여 환영이 사라진 자리를 멍하게 응시하며 눈물을 흘리고 있는 아루루.

하지만 그녀가 울고 있는 진짜 이유는 이안의 예상과 조금 다른 것이었다.

그녀는 자신의 지옥 같던 과거를 보고 흐느끼는 것이 아니었다.

지금 아루루를 고통스럽게 하는 것은 바로…….

"내가, 내가 저런 생각을 했었다니…….'

과거의 자신이 '라세니아'를 저버렸다는 사실 때문이었다.

"이 모든 게…… 나 때문이었어. 나 때문에 라세니아 왕국이…….'

그래서 이안은 놀랐다.

그녀의 자조 섞인 독백을 들은 뒤에야 그녀의 심리 상태를 어느 정도 이해할 수 있었으니까.

'아루루가 저렇게 힘들어하는 건 결국 죄책감 때문이었구나.'

스토리에 몰입한 것과 별개로, 이안으로서는 이해하기 쉽지 않을 정도인 아루루의 충성심.

그것은 '깊은 숲 아루루'가 가지고 있던 기억의 첫 번째 편린에도 잘 드러나 있는 사실이었다.

그 안에서 아루루는 이렇게 다짐했었으니 말이다.

－슈린 님께서 구하러 오실 때까지 어떻게든 버텨 내고

말겠어.

　-슈린 님과의 약속을…… 지켜 내야만 해.

　이안이 엿본 아루루의 기억에 따르면 라세니아 제국은 그녀에게 조국, 혹은 가족 이상의 존재다.

　때문에 아무리 몸과 마음이 피폐해진 상황이었다 할지라도 라세니아를 저버린 것은 아루루에게 괴로운 일일 수밖에 없었던 것이다.

　"아루루."

　그래서 이안의 부름에도 아루루는 대답하지 못한 채 고개를 떨구고 말았다.

　"……."

　죄책감 때문인지 멍한 표정으로 아무 말 못 하고 눈물만 흘리는 아루루.

　하지만 그와 별개로 퀘스트는 계속해서 진행되었다.

　띠링-!

　-기억의 조각 ×3을 획득하였습니다.

　-'아루루'의 기억이 일부 회복됩니다.

　그래서 이안은 아루루를 다독이는 와중에도 시스템 메시지를 꼼꼼히 확인하였다.

안타까운 아루루를 돕기 위해서라도 퀘스트를 최대한 깔끔하게 완수할 필요가 있었다.

'이 스토리가 어떻게 끝날지는 아직 감도 오지 않지만…… 그래도 그 끝을 봐야 아루루의 고통에도 마침표를 찍을 수 있겠지.'

퀘스트의 진행 방식으로 미루어 봤을 때, 나머지 '기억의 조각'들 또한 또 다른 아루루의 환영이 가지고 있을 확률이 높다.

'기억의 조각 3개라……. 12개를 더 찾아야 퀘스트가 완수될 테고…….'

그리고 그 기억의 환영들도, 과거의 아루루가 남긴 발자취와 관련이 있을 터.

'이 뒤에 나타날 아루루의 환영들은 방금 싸웠던 '깊은 숲 아루루'보다도 더 강력한 녀석들이겠지.'

그래서 이안은 최대한 머리를 굴려 다음 영혼의 조각을 찾기 위한 장소가 어디일지 유추해 보았다.

그런데 이안이 이러한 생각을 하고 있던 그때.

띠링-!

-조건이 충족되었습니다.
-'아루루'가 되찾은 기억을 공유합니다.

이안의 눈 앞에, 추가적인 스토리가 천천히 떠오르기 시작
하였다.

"……!"

그것은 아루루가 마기에 잠식된 이후의 이야기였다.

마기에 잠식된 아루루는 정신을 잃고 쓰러졌다.

그리고 그렇게 쓰러진 그녀의 주변으로, 검은 망토를 걸친
일단의 무리가 다가왔다.

　－역시 말씀대로 이렇게 되었군요, 키리에 님.

　－그러게요. 라세니아의 하늘이라 불리던 자들……. 그
들 또한 결국 위선자였을 뿐이었던 것이죠.

　－그녀가 빨리 깨어났으면 좋겠어요.

　－저도 그래요, 시트라. 그녀가 우리와 함께한다면…….
라세니아의 위선자들을 무너뜨리는 일 또한 불가능하지만
은 않을 테죠.

　마치 눈앞에서 벌어지는 일들처럼 선명하다 못해 생동감
넘치는 기억의 환영.

"……!"

이안의 눈앞에 펼쳐진 이 환영은 지금 그의 옆에 있는 '진짜 아루루'도 함께 보고 있는 것이었다. 그래서 이안은 그녀의 반응도 실시간으로 확인할 수 있었다.

'완전히 몰입했네. 하긴……. 고통스러운 것과 별개로 궁금한 내용들일 테지.'

그래서 이안은 계속해서 스토리에 집중하는 와중에도 아루루를 힐끔 힐끔 응시하며 그녀의 표정을 계속해서 확인하였다.

　

　－그럼 시트라.

　－네, 키리에 님.

　－그녀가 빠른 시일 내에 깨어날 수 있도록, 그대가 최대한 힘써 주도록 하세요.

　－그렇게 하겠습니다.

　

무리의 우두머리인 듯 보이는 왜소한 체구의 여인.

그녀는 창백한 보랏빛의 피부를 가지고 있었고, 후드 사이로는 붉은 핏빛이 살짝 맴도는 새하얀 머리가 드러나 있었다.

그런데 잠시 후, 망토와 후드에 가려져 있던 그녀의 얼굴이 드러났을 때.

함께 그 환영을 보고 있던 아루루는 저도 모르게 비명에 가까운 신음을 토해 내었다.

"세, 세리에······?"

그리고 그녀의 목소리를 들은 이안 또한 순간적으로 머릿속을 스쳐 지나가는 것이 있었다.

'잠깐, 세리에라면······?'

아루루의 첫 번째 기억 속에서 아주 잠깐 등장했던 이름.

　　－아루루! 큰일 났어!

　　－무슨 일입니까, 대장?

　　－방금 엘린 님께서 다녀가셨는데, 카린의 정찰대와 연락이 두절됐대.

　　－연락······ 두절요?

　　－아무래도 우리가 수색을 나서야 할 것 같아.

　　－넵! 준비하겠습니다!

　　－지난번에는 세리에가 실종되더니······. 정말 무슨 일이 일어나는 건 아니겠지?

　　－이번에야말로 원인을 찾아내야죠!

아루루는 분명 저 '키리에'라는 여인의 얼굴을 확인하자마자 세리에라는 이름을 말했다.

그렇다는 말은 둘이 동일 인물일 가능성이 상당히 높다는 뜻일 터였다.

'저 여자도 아루루처럼 마기에 잠식돼서 타락해 버린 요정

인 건가?'

하지만 확실한 건 아무것도 없었기에 이안은 잠자코 영상에 집중하였다.

지금 아루루에게 물어보고 싶은 것도 많았지만, 그랬다가는 환영 속의 중요한 내용을 놓칠 수도 있을 테니 말이다.

-그리하여 만월이 떠오르는 날……. 그녀와 함께 약속된 곳으로 오세요.
-명을 받드나이다.
-어쩌면 그대와 아루루에게 이 거사의 성패가 달려 있을지도 몰라요.
-명심하겠습니다.

하지만 스토리는 생각보다 빨리 끝나 버렸다.

말을 마친 '키리에'라는 인물이 어둠 속으로 사라진 순간, 두 사람의 눈앞에 떠올랐던 환영 또한 신기루처럼 증발해 버렸으니까.

스하아아―!

그리고 그와 거의 동시에…….

털썩-!

아루루는 자리에 아예 주저앉고 말았다.

"아루루, 괜찮아……?"

이안의 물음에도 아루루는 답이 없었다.

단지 혼란스러운 지금의 감정을 어떻게든 추스르려 노력할 뿐.

그래서 이안은 일단 그녀가 입을 열기를 기다렸다.

그리고 그사이…….

띠링-!

이안의 눈앞에 예상치 못했던 메시지들이 추가로 떠올랐다.

–'아루루'가 기억을 회복하여 잊고 있던 능력의 일부를 되찾습니다.

–파티원 '아루루'가 '맹독 투여' 고유 능력을 획득하였습니다.

–파티원 '아루루'가 '요정의 속사' 고유 능력을 획득하였습니다.

–파티원 '아루루'가 '가시덩쿨 함정' 고유 능력을 획득하였습니다.

시간이 조금 걸리긴 했지만, 결국 아루루는 감정을 추스르고 일어섰다.

"나, 끝까지 가 보는 게 맞는 거겠지?"

"물론이지."

"후회하지는 않을까?"

"만약 후회하게 되더라도 진실에 대해 아무것도 모르는 지금보다는 낫지 않을까?"

"……."

"내가 도와줄게, 아루루. 나머지 기억들도 전부 찾아보자."

"고……마워, 이안. 이 은혜는 결코 잊지 않을 거야."

퀘스트를 완수해 내기 위해서라도.

이안은 어떻게든 아루루를 다독이고 케어해야만 했다.

'휴우, 생각보다 더 쉽지 않은 퀘스트였네. 여러모로 말이지.'

하지만 이안이 아루루에게 한 이야기들 속에는, 진심 어린 마음도 어느 정도 섞여 있었다.

영상과 환영을 통해 그녀의 기억을 간접적으로 체험해 보고 나니, 마치 영화나 소설 속에 몰입하듯 그녀의 이 기구한 스토리에 조금은 감정이입이 된 것이다.

"자, 그럼 우리 이제부터 생각해 보자."

"뭘 생각해 보면 될까?"

"우리가 너의 다음 기억들을 찾을 수 있을 만한 장소."

"……!"

"너라면 분명 알 수 있을 거야. 한번 고민해 봐."

그래서 이안은 아루루의 멘탈을 열심히 케어해 주었다.

그 덕분에 퀘스트는 다시 정상적으로 진행되기 시작하였다.

"세리에, 아니…… 키리에라는 여자가 분명히 그렇게 말했지?"

"뭘?"

"만월이 떠오르는 날, 약속된 장소로 오라고……."

"아……!"

기억 속에서 단서를 찾아낸 아루루가 다시 이안을 안내하기 시작한 것이다.

"그곳이 어딘지 알 수 있을 것 같아, 이안."

"그래?"

"그곳에 가면…… 분명히 내 또 다른 기억의 조각을 찾아낼 수 있을 거야."

아루루는 가까스로 감정을 추슬렀지만, 더 이상 그녀에게서 처음 만났을 때의 그 천진한 모습을 볼 수는 없었다.

그 대신 그녀를 가득 채우고 있는 감정은 짙은 상실감과 깊은 죄책감.

하지만 그렇다고 해서 그녀가 맥없이 늘어져 있는 것은 아니었다.

상실감, 죄책감 등과 별개로 이러한 상황을 만든 악령들에 대한 분노는 가지고 있었으니까.

그래서 목적지까지 이동하는 동안 아루루는 미친 듯이 싸웠고.

그 모습을 지켜보던 이안은 혀를 내두를 수밖에 없었다.

아루루의 전투력은 조금 전과 비교도 할 수 없을 정도로 강력해져 있었다.

'와…… 방금 전보다 훨씬 더 강해졌잖아?'

아루루가 갑자기 강력해진 이유는 당연히 '과거 기억'을 되찾았기 때문이었다.

그녀는 이안이 찾아 준 기억의 조각들 덕에 '깊은 숲 아루루'의 기억들을 흡수할 수 있었고.

그 과정에서 그 안에 포함되어 있던 고유 능력들까지 전부 자동으로 습득하게 된 것이다.

기억을 되찾은 영향 때문인지 레벨도 73레벨에서 80레벨까지 오른 아루루.

그녀는 이제 이안과 비교해도 딱히 부족하지 않은 전투력을 가지고 있었다.

-파티원 '아루루'가 고유 능력 '요정의 속사'를 발동합니다!

-파티원 '아루루'가 고유 능력 '맹독 투여'를 발동합니다!

-'요정의 화살'부가 효과가 발동되어, '다르카누'의 민첩성을 일부 훔쳐 옵니다!

-파티원 '아루루'가 '다르카누'에게 치명적인 피해를 입혔습니다!

–파티원 '아루루'가 '다르카누'를 성공적으로 처치하였습니다.

–파티원 '아루루'가⋯⋯.

다르카누는 어둠 속성과 빛 속성을 동시에 가진 개 종족의 몬스터다. 거기에 유령 타입의 속성도 어느 정도 가지고 있다 보니 상당히 높은 민첩성 수치를 가지고 있는 몬스터.

그 때문에 '요정의 화살'로 녀석의 민첩성을 여러 번 훔친 아루루는 어마어마한 민첩성 버프를 유지 중이었고.

그 스피드를 활용해 필드에서 신출귀몰하며 몬스터들을 학살하고 있었다.

어떤 측면에서는 필드 최초 발견 버프가 아까워 젖 먹던 힘까지 다해 사냥 중인 이안보다도 더 빨라 보이는 사냥 속도였다.

그래서 이 파티의 몬스터 사냥은 하드코어를 넘어 거의 광기에 가까운 수준이 되었다.

스파르타식 사냥으로 악명(?) 높은 이안조차도 이렇게 한마디 할 정도였으니까.

"아루루, 너무 무리하는 것 아냐?"

"⋯⋯."

"이쯤에서 잠깐 쉬어도⋯⋯."

물론 예의상 한 번 해 준 말이기는 했지만 말이다.

"아니, 내게 편하게 휴식이나 할 자격은 없어, 이안."

"그, 그래?"

"쉬더라도 내 죗값을 다 치르고 나서……. 그 전에는 쉴 수 없어."

"뭐, 나야 좋지만……."

어쨌든 이렇게 미친 듯한 아루루의 활약 덕에 속으로 행복한 비명을 지르고 있는 이안!

'크, NPC 버스를 이렇게 제대로 타 보는 것도 오랜만이네.'

심지어 이안의 이 행복은 꽤 길게 이어졌다.

퀘스트가 이안의 마음을 읽기라도 한 듯, 두 번째 기억의 조각을 찾으러 가는 여정은 제법 길게 이어진 것이다.

어지간한 오픈 필드보다 훨씬 넓은 이 몽환의 숲을 거의 끝에서 끝까지 가로지르는 여정이었던 것.

그래서 이안은 거의 사흘이 지날 때까지 계속해서 사냥을 할 수 있었으며…….

띠링-!

─경험치를 100% 달성하였습니다!

─레벨이 올랐습니다!

─43레벨이 되었습니다!

─레벨이 올랐습니다!

……후략……

그 덕분에 이안과 아루루가 목적 지점에 도착했을 즈음, 이안이 올린 레벨은 5레벨도 넘는 수준이었다.

　－48레벨이 되었습니다!

그것은 이안이 이 몽환의 숲에 들어온 지 정확히 5일째 되는 날의 일이었다.

'크으! 이런 식이면 50레벨도 금방 찍을 수 있겠네.'

신격 레벨도 어느새 40레벨에 가까워져 있었고, 베티의 레벨은 이안을 거의 따라잡은 47레벨이 되었다.

하여 이안이 판단하기에 지금 그의 전투력은 처음 이 몽환의 숲에 들어왔을 때보다 최소 1.5배 정도는 강력해져 있었다.

그럼에도 이안은 긴장을 놓지 않았다.

아루루가 찾아야 할 다음 '기억'은 분명 '깊은 숲 아루루'보다도 훨씬 강력한 힘을 가지고 있을 터.

어쩌면 퀘스트 진행 과정에서 이렇게 긴 텀을 준 것 자체가 더욱 강력한 다음 적을 만나기 전에 레벨 업을 조금이라도 더 하라는 배려였을지도 몰랐다.

항상 뭔가 좀 잘 풀려 간다 싶으면 한 번씩 뒤통수를 세게 후려치는 게 카일란 퀘스트들의 특징이었다.

'카일란은 원래 그런 게임이지.'

그리고 이안이 그러한 생각을 하고 있던 그때.

드디어 뭔가를 발견했는지 아루루가 자리에 우뚝 멈춰 작은 목소리로 중얼거렸다.

"만월이 떠오르는 날…… 약속된 장소……."

의미심장한 그녀의 목소리에 이안이 눈을 반짝 빛내며 물어보았다.

"위치를 찾은 거야?"

"아마도……."

이안에게 대답을 하는 그 순간에도 아루루의 시선은 어딘가에 고정되어 있었다.

그래서 이안은 그녀의 시선이 닿은 곳을 향해 자연스레 고개를 돌렸다.

그리고 그곳에는 날카로운 바위 동우리가 마치 송곳처럼 절벽 사이에 솟아올라 있었다.

몽환의 숲 전체에 드리워진 짙은 안개 속에서도 또렷이 보이는 뾰족한 바위 봉우리.

그리고 그 위에 세워져 있는 거대한 드래곤의 석상.

이안이 그것을 발견한 순간 아루루가 천천히 다시 입을 열었다.

"이건 잘 알려지지 않은 사실이지만, 우리 요정들의 유일한 동맹 종족이 바로 용족이야."

"용족……?"

"용들은 우리 요정들만큼이나 자연을 아끼고 사랑하거든."

이안은 말없이 아루루의 이야기를 경청했고 그녀는 계속해서 말을 이었다.

"그래서 저기 보이는 저 석상…… 저게 바로 용족과 우리 요정족의 동맹의 상징이야."

"저 드래곤 석상을 말하는 거지?"

"맞아. 고대의 신룡 라그루트 님의 석상이지."

이안은 더욱 유심히 석상의 외형을 관찰하였다.

거리가 멀어 잘 보이지 않았지만 분명한 것은 석상이 크게 파손됐다는 것이었다.

"라그루트 님은 드래곤 로드까지 지내시다가 승천하신…… 위대한 드래곤이었어."

"듣고 있어."

"그리고 저 석상이……. 라그루트 님이 승천하시기 전에 동맹의 징표로 우리 요정의 숲에 남기고 간 석상이야."

동상을 관찰하던 이안의 시선이 다시 아루루를 향했다.

이안의 눈에 비친 아루루의 눈꺼풀은 언제부턴가 미세하게 떨리고 있었다.

"라그루트 님은 간악한 무리들이 요정의 숲을 침공할 때 항상 저 석상을 통해 현신하시어 우리 라세니아 왕국을 지켜주셨어. 마기에 물든 악룡들조차 라그루트 님의 현신을 두려

위해 몽환의 숲에 얼씬하지 못했지."

이안은 그녀의 감정 상태를 정확히 알 수는 없었지만 지금 그녀의 감정이 분노의 일종이라는 것은 확실했다.

"그런데 이 숲의 수호신이나 다름없던 라그루트 님의 석상이 파괴됐어. 너도 보다시피 말이야. 그래서 더 이상 라그루트 님은 요정의 숲을 지켜 주실 수 없었겠지."

이안은 고개를 끄덕였다.

사실 조금만 더 부서졌으면 저 석상이 드래곤이라는 것을 알아차리기도 힘들 정도로 파손되어 있었으니까.

궁금증이 생긴 이안이 처음으로 물어보았다.

"그런데 아루루."

"응?"

"그렇게 강력한 수호신의 석상이 대체 왜 부서진 거야?"

"……."

"그 라그루트 님이라는 용신께서 석상이 부서지는 걸 그냥 좌시하셨을 리는 없잖아?"

이안의 질문에 아루루는 잠시 침묵하였다.

그러다가 아주 조심스레, 작은 목소리로 다시 입을 열었다.

"이건 원래 절대로 발설하면 안 되는 비밀이었지만……. 어차피 이젠 아무 의미 없어진 것 같으니 얘기해 줄게."

아루루의 의미심장한 이야기에 이안의 목젖을 타고 침이 꿀꺽 넘어갔다.

그녀의 이야기는 무척이나 흥미로웠다.

"라그루트 님의 석상을 부수는 방법이 사실 딱 하나 있었어."

"그게 뭔데?"

"만월이 뜨는 날 밤, 자정."

"……!"

"그때가 라그루트 님께서 유일하게 베리타스를 내려다보실 수 없는 시간이거든."

"그 말은……?"

아루루가 천천히 고개를 끄덕였다.

"아마 내 기억 속에 있던 '키리에'라는 여자가 말했던 '만월'이…… 이걸 의미했던 것 같아."

"그럼 이 석상을 부순 범인이……?"

"맞아. 그녀일 확률이 상당히 높겠지. 아니, 어쩌면…….”

말꼬리를 흐리는 아루루를 향해 그녀가 삼킨 말을 이안이 대신 해 주었다.

"과거의 너일 수도 있겠고?"

"그래……. 맞아."

이안이 아루루가 삼킨 이야기를 굳이 다시 꺼낸 이유는 다른 것이 아니었다.

그것은 스토리 정황상 너무 당연한 사실이었기 때문에 아루루가 그것을 부정하는 순간 퀘스트가 더 진행될 수 없을 거라 여겼으니까.

그리고 이안의 그 날카로운 판단은 정확히 들어맞았다.

아루루가 그의 물음에 대답한 바로 그 순간.

띠링-!

이안의 눈앞에, 새로운 퀘스트 메시지가 떠올랐으니 말
이다.

　-조건이 충족되었습니다.

　-'버려진 요정의 비밀Ⅱ' 퀘스트의 돌발 & 연계 퀘스트가 발동
합니다.

　-'타락한 아루루 저지' 퀘스트가 발생하였습니다.

　-퀘스트에 실패할 시 '버려진 요정의 비밀Ⅱ' 퀘스트의 클리어 등
급이 한 단계 하향 조정됩니다.

　-퀘스트에 성공할 시 '버려진 요정의 비밀Ⅱ' 퀘스트의 숨겨진 보
상을 획득할 수 있습니다.

　-퀘스트를 수령하시겠습니까?

그리고 메시지를 전부 읽은 이안의 대답은, 당연히 '예'였다.

'히든 연계 퀘가 떴는데 안 받는 바보도 있나?'

　-퀘스트를 시작합니다.

마지막 한 줄의 메시지가 떠오른 순간, 이안의 시야가 까맣게 어두워지기 시작하였다.

※

아토즈는 오늘도 힘든 하루를 시작하고 있었다.

"으…… 오늘도 무보수 일퀘……. 이거 진짜 실화냐?"

신의 탈을 쓴 '유사' 신이자 아토즈의 악덕 채권자 이안.

항상 카일란에 접속할 때면 즐거웠던 아토즈였건만, 이안으로부터 매일같이 날아오는 일일 퀘스트 덕에 요즘은 하루하루가 지옥이었다.

"후우……!"

물론 이안의 일일 퀘스트를 한다고 해서 성장이 더 더뎌지거나 한 것은 아니었다.

비록 무보수 일일 퀘스트이기 때문에 재화가 쌓이지는 않았지만, 퀘스트 난이도가 어려운 덕에 강제로 레벨 업 속도는 빨라졌으니 말이다.

이안이 아토즈에게 주는 퀘스트는 항상 아토즈의 수준에서 해낼 수 있는 가장 어려운 난이도의 퀘스트였고.

그것을 전부 클리어하기 위해서 아토즈는 잠시도 쉴 수 없었던 것이다.

그리하여 지금 아토즈의 레벨은 무려 55레벨.

데스 페널티를 받은 루이사를 따라잡은 지 오래였다.

'아직도 일퀘를 몇 달이나 더 해야 한다니……. 그냥 게임을 접을까……?'

마음에도 없는 소리를 속으로 중얼거린 아토즈는 마치 파블로프의 개처럼 오늘도 반사적으로 일일 퀘스트 창을 열었다.

이어서 아토즈는 기도했다.

오늘은 제발 쉬운 퀘스트가 나오기를 말이다.

"제발 양심이 있었으면……. 오늘은 징표 파밍 퀘인 건 아니겠지……?"

이안이 세팅해 둔 지옥같은 일일 퀘스트 중에서도 아토즈가 가장 싫어하는 퀘스트는 바로 원소의 징표 수집이었다.

징표 수집이 싫은 이유는 간단했다.

징표 수집 퀘스트는 정말 '모 아니면 도'였으니 말이다.

띠링-!

-'화염의 징표 수집' 퀘스트가 생성되었습니다.

"지져스!"

징표의 드랍률은 다른 잡화 아이템과 비교도 되지 않을 정도로 극악이다.

대신 그 난이도가 퀘스트에 당연히 반영되어 있었기에 일일 퀘스트에서 수집해야 하는 징표의 양이 그리 많지는 않다.

그래서 징표 퀘스트의 경우 운이 좋으면 한 시간에도 끝나지만, 운이 나쁘면 하루 종일 사냥해야 간신히 끝날 때도 있었고…….

'제발 오늘은 빨리 끝내자!'

이런 불확실성은 매일같이 일일 퀘스트를 해야 하는 아토즈에게 상당한 스트레스를 주는 것이었다.

"그나저나 화염의 징표라고? 이건 그래도 처음 뜬 것 같은데……."

퀘스트 제목과 클리어 조건을 확인한 아토즈는, 고개를 갸웃하며 퀘스트 내용을 확인해 보았다.

지금까지 항상 파밍 했던 바람의 징표가 아니라는 사실만으로도 조금 기분이 나아지는 아토즈였다.

'그래, 이렇게 좀 새로운 거라도 떠야 할 맛이 나지.'

그런데 퀘스트 내용을 전부 확인한 순간.

"……!"

아토즈의 두 눈이 휘둥그레졌다.

-추천 필드 : 불에 담긴 대지(히든)

"응……?"

일일 퀘스트 창의 마지막에는 보통 퀘스트를 진행하기 가장 좋은 추천 필드가 명시되는데…….

거기에 처음으로 '히든' 필드가 떠올랐으니 말이다.

너무 당연한 얘기겠지만.

'일일 퀘스트'라는 개념은 원래도 카일란에 흔하게 존재했다.

카일란 세계관 내에서 크고 작은 '세력'을 가진 특정 NPC와 친밀도가 높아지면 그로부터 일일 퀘스트가 생성되는 경우가 꽤 빈번했으니 말이다.

하지만 지금 아토즈가 수행 중인 일일 퀘스트는 일반적으로 유저들에게 알려져 있는 일일 퀘스트와는 조금 성격이 달랐다.

보통 일일 퀘스트는 짧은 시간 내에 간단하게 할 수 있으며 소소한 정도의 보상을 주는 퀘스트였는데.

지금 아토즈가 하는 일일 퀘스트는 하루하루 최소 반나절 이상을 써야 할 정도로 하드했으니 말이다.

'이게 무슨 일일 퀘스트야, 노예 사역이지!'

그래서 아토즈는 솔직히 매일 갈등 중이었다.

지금이라도 퀘스트를 드롭하고 그냥 이안에게 진 부채를 돈으로 때워 버릴까 고민했던 것이다.

퀘스트를 할 때마다 쌓이는 '신앙' 스텟 덕에 베티를 더 길게 사용할 수 있게 된 것은 고무적이었지만, 이 기나긴 노가다의 고통을 감내하는 대가로는 좀 부족한 게 사실이었으니까.

하지만 이번 일일 퀘스트 덕에 그러한 고민은 싹 사라져 버렸다.

'일일 퀘스트에서 히든 필드가 뜬다고? 이런 경우는 듣도 보도 못했는데.'

'히든 필드'는 경우에 따라서 엄청난 가치를 지니고 있었으니 말이다.

'그래도 마지막 양심이라는 게 남아 있던 건가······?'

그리고 아토즈가 놀란 것은 단순히 히든 필드에 대한 단서가 등장했기 때문만이 아니었다.

여기서 중요한 것은 바로 '일일 퀘스트'라는 시스템의 특성.

일일 퀘스트는 퀘스트의 특성상 지정해 준 위치를 월드 맵에 표시해 주는데, 이 시스템을 이용하면 히든 필드의 위치까지도 바로 알 수 있는 것이다.

숨겨져 있고 찾기 힘들기 때문에 '히든 필드'인 것인데, 퀘스트가 아예 위치까지 떠먹여 주고 있었으니······.

"꿀이 흐르는구나!"

아토즈로서는 신이 나는 게 너무 당연하였다.

'불에 담긴 대지라······. 어디 보자. 위치가 어디에 표시됐나······.'

곧바로 월드 맵을 오픈한 아토즈는 일일 퀘스트 장소가 표시된 위치를 어렵지 않게 찾을 수 있었다.

'일일 퀘스트'라는 문구와 함께 금빛으로 반짝이는 화살표가 위치를 찍어 주고 있었으니까.

하여 확인된 위치는 최근에 아토즈가 종종 사냥하던 천공의 고원 북단.

"좋아, 곧바로 간다!"

기분이 순식간에 업된 아토즈는 후다닥 포털을 향해 뛰어가기 시작하였다.

※

새까만 어둠이 내려앉은 밤.

을씨년스러운 바람이 날카롭게 휘몰아친다.

휘이잉—!

작은 풀벌레 소리 하나 들리지 않을 정도로, 짙은 고요가 깔린 어두운 대지.

하지만 바람을 따라 까만 구름이 흘러가고 나니 그 어둠의 대지에는 새하얀 빛이 내려앉았다.

아침이 온 것은 당연히 아니었다.

다만 구름 뒤에 숨어 있던 커다란 보름달이 환한 빛을 발하기 시작한 것일 뿐.

무결(無缺)에 가까운 그 커다란 만월은 서서히 어둠을 비추기 시작하였고, 그러자 수많은 뾰족하고 높은 봉우리들이 어둠 속에서 윤곽을 드러내었다.

이어서 그 어둠에 잠겨 있던 일단의 무리 또한 달빛과 함께 모습을 드러내었다.

까만 망토와 후드를 뒤집어쓴, 정체를 알 수 없는 무리.

그들은 협곡의 어둠 속에 숨어 한 치의 미동도 없이 대기하고 있었다.

-카렌.

-예, 아루루 님.

-자정까지 시간이 얼마나 남았지?

-이제…… 곧인 것 같습니다, 아루루 님.

-슬슬 준비해야겠군…….

-달빛이 용상(龍狀)을 완전히 뒤덮는 순간, 그때 곧바로 움직여야 할 겁니다.

무리의 우두머리로 보이는 둘의 대화가 달빛 아래로 아주 작게 울려 퍼졌다.

바로 옆에 서 있는 것이 아니라면 듣기 힘들 정도로 나지막한 목소리.

하지만 이안과 아루루는 이 소리를 또렷이 들을 수 있었다.

그들이 보고 있는 환영은 다름 아닌 '아루루의 기억' 속에서 이 상황을 공유하고 있는 것이었으니 말이다.

-달빛이 움직이는 것을 봐서는 움직일 수 있는 시간도 상당

히 촉박하겠어.

　-그렇습니다. 길어야 15분…… 그 안에 모든 것을 끝내지 못한다면 이 계획은 그대로 실패하고 말 겁니다.

'타락한 아루루'의 시선이 협곡 곳곳을 훑었다.

하여 기억을 공유하는 이안과 아루루 또한 그 시선을 따라 협곡을 살피게 되었다.

그리고 과거 자신의 기억을 살피던 아루루가 나지막한 목소리로 입을 열었다.

"수호의 경비단……."

그 목소리를 들은 이안이 흥미로운 목소리로 입을 열었다.

"저 봉우리 곳곳을 지키는 보초병들을 말하는 거지?"

아루루가 고개를 끄덕이며 대답했다.

"맞아, 이안. 이 라그루트 님의 석상을 항상 지키는 우리 라세니아 왕국의 수비대원들이야."

하여 이안은 대략 상황을 파악할 수 있었다.

'그럼 저 타락한 아루루가 곧 용상을 파괴하러 움직이기 시작할 거고……. 그렇다면 이번 퀘스트는 저 녀석이 용상을 공격하지 못하도록 저지하는 퀘스트겠네.'

이안의 시선이 보초병들을 다시 한번 훑었다.

'그 과정에서 저 녀석들을 최대한 이용해야 할 테고.'

그리고 라그루트의 석상이 세워져 있는 봉우리의 지형 또한 꼼꼼히 살피기 시작하였다.

'타락한 아루루가 얼마나 강력할지는 모르겠지만, 저 검정 망토를 두른 인원만 해도 스물은 되어 보이니까……. 최대한 좁은 길목에서 저지해야 상대가 수월할 거야.'

이안이 그러한 생각을 하는 동안 '타락한 아루루'와 '카렌' 의 대화는 조금 더 이어졌다.

그리고 잠시 후.

띠링-!

이안의 눈앞에, 시스템 메시지가 떠오르기 시작하였으 며…….

-퀘스트가 시작됩니다.

'역시.'

그 내용은 이안이 예상했던 것과 크게 다르지 않았다.

타락한 아루루 저지

과거 마기에 의해 타락했던 아루루는 라세니아 왕국에 복수하기 위해 의문의 조직을 돕기 시작하였다.

……중략……

하여 그녀에게 주어졌던 임무는, 라세니아 왕국의 가장 강력한 수호신 인 '라그루트'의 힘을 무력화하는 것.

과거의 그녀는 용상을 파괴하는 데 성공했지만, 만약 아루루가 그 기억을 다시 그대로 확인한다면 죄책감에 좌절할 것이다.

……중략……

그녀의 기억 속에 개입하여 '타락한 아루루'를 저지하고 그녀가 용상을 파괴하지 못하도록 최대한 막아 보도록 하자.

만약 '타락한 아루루'를 저지하는 데 성공한다면 달라진 기억을 확인한 아루루는 죄책감을 덜 수 있을 것이다.

-퀘스트 난이도 : AA+

-퀘스트 조건

*15분 동안 '라그루트의 석상' 보호 (라그루트의 석상 내구도 절반 이상 유지)

-보상

*'버려진 요정의 비밀 II'퀘스트 최종 클리어 시 '섬광의 활(전설)' 장비 추가 획득.

*'아루루'와의 친밀도 +10

퀘스트 내용을 바르게 확인한 이안은, 전투를 시작하기 위한 채비를 하였다.

'기억 속으로 들어가서 직접 개입해야 하는 퀘스트라면……. 이번에는 아루루의 도움을 받을 수 없겠네.'

그리고 퀘스트가 시작되기 직전 이안의 귓전으로 아루루의 중얼거림이 들려왔다.

"결국…… 나였네."

신룡 라그루트의 석상을 부순 자. 그래서 라세니아 왕국이 멸망할 수밖에 없던 단초를 제공한 이.

그 인물이 다름 아닌 자신이었음을 다시 한 번 확인한 아루루의 자조적인 목소리가 울려 퍼진 것이다.

이어서 다음 순간.

이안의 시야가 까맣게 어두워지기 시작하였다.

⁂

지도의 안내를 따라 이동한 아토즈는 어느새 천공의 고원에 와 있었다.

'으, 이 동네는 60레벨이 다 되어 가도 빡세네.'

당연히 그의 목적지는, 퀘스트에서 알려 준 장소인 '불에 담긴 대지'.

지도에 명시되어 있는 만큼 길을 헤매거나 할 일은 없었다.

정해진 좌표로 이동하기만 하면 그만이었으니까.

다만 어려운 것은 필드 자체가 천공의 고원에서도 무척이나 깊숙한 장소에 위치해 있기 때문에 전투 난이도가 상당히 높다는 정도였다.

'불에 담긴 대지라는 곳은 분명히 더 난이도가 높을 텐데……. 사냥이 불가능한 수준은 아니겠지?'

하여 히든 필드로 향하는 아토즈의 마음은 걱정 반, 설렘

반이었다.

하지만 아무리 걱정된다 하더라도 히든 필드를 포기할 수
는 없었기 때문에 아토즈는 득실거리는 몬스터들을 뚫고 천
천히 나아갔다.

띠링-!

–'슈트라누'를 성공적으로 처치하였습니다!

–경험치를 획득하였습니다!

–'코마이누'를 성공적으로 처치하였습니다!

–경험치를 획득하였습니다!

……후략……

그래서 시간은 조금 걸렸지만 결국 아토즈는 목적지 인근
에 도착할 수 있었다.

오픈 필드 안에서 정해진 좌표 안으로 이동하는 것은 그리
어려운 일이 아니었으니까.

하지만 목적지에 도착했을 때…….

띠링-!

–'몽환의 숲 입구'를 발견하셨습니다.

–'몽환의 숲'에 입장하시겠습니까?

아토즈는 어리둥절한 표정이 될 수밖에 없었다.

"뭐지? 버그인가? 그럴 리가 없는데……?"

자신은 분명 '불에 담긴 대지'라는 히든 필드의 좌표를 찾아 도착했건만.

그 자리에 이어진 히든 필드의 이름이 퀘스트에 명시된 이름과 완전히 달랐으니 말이다.

분명히 좌표도 같았고, 심지어 미니 맵에도 정확한 위치가 표시되어 있었다.

그래서 아토즈는 고민에 빠졌다.

지금까지 그는 이 카일란이라는 게임을 플레이하면서 어떤 문제가 생겼을 때 그 문제가 버그 때문이었던 적은 단 한 번도 없었으니까.

'다른 숨겨진 입구라도 있는지 찾아볼까? 아니면 어떤 트리거가 이 근처에 있을 수도 있어.'

그런데 아토즈가 그러한 생각을 하기 시작하던 그 시점.

화르륵-!

'몽환의 숲' 안쪽에서는 작은 불길이 일기 시작하고 있었다.

* * *

'타락한 아루루 저지' 퀘스트가 시작되면서 이안은 아루루의 기억 속으로 빨려들어 갔다.

그러자 주변 환경이 순식간에 바뀌더니 이안은 어느새 '경비대원' 중 한 사람으로 빙의해 있었다.

'이건 또 생각도 못 한 전개인데…….'

하지만 이안은 당황하지 않았다.

상황 자체가 바뀐 것은 아니었고 결국 해야 할 일은 같았으니.

미리 생각했던 대로 움직이면 됐으니 말이다.

 -'수호의 경비대장' NPC에 일시적으로 빙의합니다.

 -퀘스트를 진행하는 동안 레벨이 100레벨로 잠시 상향 조정됩니다.

 -기존의 모든 스킬들과 고유 능력들이 비활성화 처리됩니다.

 -'수호의 경비대장'이 보유한 고유 능력들이 활성화됩니다.

 -'요정의 화살' 고유 능력이 생성되었습니다.

 -'요정의 속사' 고유 능력이 생성되었습니다.

 -'맹독 투여' 고유 능력이…….

 ……후략……

이안은 이동하는 와중에도 눈앞에 떠오른 메시지들을 꼼꼼히 확인하였다.

그 과정에서 몇 가지 정보들도 추가로 알 수 있었다.

'이러면 전투하는 동안 소환수들은 사용할 수 없을 테

고……. 대신 레벨이 100레벨로 상향 조정됐네.'

쿼스트의 난이도는 분명히 더블 A등급이었다.

그렇다는 말은, 100레벨 기준으로도 상당히 어려운 쿼스트일 것이라는 얘기.

때문에 이안은 저지해야 하는 '타락한 아루루'의 레벨이 100레벨도 훨씬 넘을 것으로 추정할 수 있었고, 더욱 만반의 준비를 갖춰야 했다.

'다행히 고유 능력들은 아루루가 쓰던 것과 비슷해. 따로 읽어 보지 않아도 되겠어.'

하지만 다음 순간.

"적이다!"

"침입자다!"

"전투 준비……!"

이안은 당황할 수밖에 없었다.

이안의 시야에 나타난 타락한 아루루의 스펙은…… 그가 예상했던 것보다도 훨씬 더 강력했으니 말이었다.

　

　　–타락한 아루루(전설) : Lv. 150

화룡의 상흔

이안의 신격이 아무리 전투력에 큰 도움을 준다고 한들······.

본래 50레벨도 채 되지 않는 이안의 전투 스펙보다 100레벨로 설정된 '수호의 경비대장' NPC의 스펙이 훨씬 높을 수밖에 없다.

이안이 40~50레벨로 80레벨대의 몬스터를 털어 먹을 수 있던 이유는 경험과 컨트롤 능력 덕분이지, 실제 스펙이 80레벨에 육박하기 때문은 아니었으니 말이다.

그래서 지금 100레벨의 경비대장이 된 이안은 한 120~130레벨 정도의 네임드 몬스터까지는 커버할 자신이 있었다.

하지만 150레벨을 상대하는 건 말이 달라진다.

그 상대가 전설 등급의 네임드 몬스터라면 더더욱 말이다.

'저걸 어떻게 잡으라는 거지?'

'타락한 아루루'가 150레벨임을 확인하자마자 이안은 등줄기에서 식은땀이 흘러내렸다.

만약 타락한 아루루 하나였다면 다른 경비대원 NPC들을 활용해서 어찌어찌 해 보겠건만……

대충 봐도 스무 명도 넘어 보이는 아루루의 부하들 또한 전부 100레벨이 넘는 수준이었다.

저들과 정면으로 승부하는 것은 그냥 자살 행위다.

게다가 이안은 그렇게 무식한 짓을 별로 좋아하지 않았다.

"대, 대장님! 최전방이 뚫렸습니다!"

"용신께서 침묵하십니다!"

"대장님! 어떻게 할까요?"

빠르게 머리를 굴리던 이안의 귓전으로 다급한 경비대원 NPC들의 목소리가 꽂혀 들어왔다.

그리고 그 목소리에 이안은 반사적으로 정신이 번쩍 들었다.

"최대한 저지해야 한다."

"저지……라는 말씀은……?"

"용신께서 깨어나실 때까지 시간을 끌어야 한다는 말이야."

이안은 이 '아루루의 기억' 속에 떨어진 순간, 저 강력한 상대를 어떻게 상대하면 좋을지에 대해서만 고민하고 있었다.

하지만 생각해 보니 결국 이 퀘스트는 15분 동안 라그루트의 석상을 지켜 내기만 하면 클리어할 수 있는 퀘스트다.

미안하지만 NPC들을 희생시키더라도 상관없다.

어차피 정면 승부를 하든 시간을 끌든, 타락한 아루루를 막지 못하면 여기 있는 NPC들이 전부 사망하게 되는 것은 자명한 사실.

반대로 말하면 '라그루트의 석상'만 무사하다면 뭐가 어떻게 되든 퀘스트를 완수하는 데에는 지장이 없다는 말이다.

이러면 얘기는 또 달라진다.

'시간만 최대한 끌어 보자, 시간만…….'

15분은 그리 긴 시간이 아니다. 어떻게든 녀석들이 봉우리에 오르는 시간을 지연시키다 보면 충분히 벌어 낼 만한 시간이다. 그래서 이안은 온갖 창의력을 동원하여 머리를 굴렸다.

그리고 다음 순간.

계산이 끝난 이안이 경비대원들을 향해 입을 열었다.

"여기 화염 계열 고유 능력을 사용할 수 있는 대원 있나?"

이안의 물음이 떨어지자마자 몇몇 궁사와 마법사가 손을 들었다.

"제가 가능합니다."

"저도 할 수 있습니다, 대장."

그러자 고개를 끄덕인 이안이 손가락으로 아래를 가리키며, 빠르게 명령을 내렸다.

"지금부터 이 산에 최대한 빠르게 불을 지른다."

무척이나 극단적이면서도 맥락 없는 명령.

"예……?"

"대장……?"

경비대원들은 순간 명령을 이해하지 못하는 표정이었지만 이안에게는 전략에 대해 하나씩 설명하며 납득시킬 시간이 없었다.

그래서 이안은 경비대원들을 다그쳤다.

"명령 못 들었어? 책임은 전부 내가 진다! 얼른 움직여!"

"아, 알겠습니다!"

그리고 뒤돌아 허겁지겁 나가는 대원들을 향해 한마디를 덧붙였다.

"이 봉우리에서 태울 수 있는 모든 건 다 태워 버린다고 생각하도록."

⚜

지금 이안이 있는 '아루루의 기억' 속 위치는 당연히 몽환의 숲 내부이다.

그리고 이 몽환의 숲은 과거에 요정의 숲이라고 불렸던 만큼 자연의 힘이 가득해 수풀이 더욱 무성한 숲.

그래서 산에 불을 지른다는 선택지는 어찌 보면 너무 위험한 방법이었다.

불길로 적들을 저지하기도 전에 본인이 불길에 갇혀 사망에 이를 수 있음을 생각해야 했으니 말이다.

물론 이안이 그러한 부분을 고려하지 못한 것은 당연히 아니다. 카일란 유저들 중 이안만큼 경험이 많은 유저도 없었으니까.

그럼에도 불구하고 이안이 이렇게 화공(火攻)을 선택할 수 있었던 데에는 당연히 이유가 있었는데, 그것은 바로 이 두 가지였다.

첫째, '라그루트의 석상'이 위치한 이곳 봉우리가 깎아지듯 높은 경사를 자랑하는 바위로 형성된 봉우리라는 것.

수풀이 무성한 협곡 안에서 유일하게 우뚝 솟아 있는 거대한 바위가 바로 '라그루트의 석상'이 위치한 이 봉우리였으니, 아무리 불길이 사납게 번져도 최소한의 안전은 확보할 수 있다.

'산 밑이 다 타 버려도 이 봉우리로는 절대로 불길이 올라올 수 없지.'

둘째, 이 퀘스트가 일반적인 필드가 아닌, '아루루의 기억'이라는 가상의 필드에서 진행되고 있다는 점. 만약 불길로 인해 봉우리에 갇힌다고 할지라도 탈출에 대한 염려를 할 필요가 없는 환경이다.

'결국 퀘스트가 끝나면 자동으로 기존 필드에 복귀될 테니까.'

즉 믿는 구석이 이렇게 두 가지나 있다 보니 이안은 과감하게 화공을 결정할 수 있었던 것.

순간적으로 생각해 낸 변칙적인 솔루션이었지만, 이안은 본인의 판단에 무척이나 흡족하였다.

화르륵-!

"더 빨리! 놈들이 접근하기 전에 최대한 강력한 불길을 만들어야 해!"

정황을 전혀 모르는 NPC 경비대원들이 이안의 이러한 판단을 이해해 주지 못할지라도 말이다.

"대장님, 꼭 이렇게까지 해야 합니까?"

"음……?"

"저희가 직접 맞서서 저들을 막아 내면 되지 않습니까?"

"작정하고 용상을 부수려 들어선 침입자들이다. 우리 전력쯤은 이미 다 파악하고 있을 거야."

경비대원들 또한 숲을 사랑하는 요정들이니만큼 숲을 불태우는 데에 커다란 반감을 가지고 있었던 것.

"그래도…… 숲을 불태우는 건…….”

물론 그들이 뭐라 하든, 이안은 전혀 아랑곳하지 않았지만 말이다.

"지금 항명하는 건가?"

"아, 아닙니다!"

"헛소리하지 말고 시키는 대로 하도록. 우리에게 가장 중요

Taming
Masks
테이밍마스터
시즌3

한 임무는 라그루트 님의 석상을 어떻게든 지켜 내는 거다."

하여 봉우리 아래로 빠르게 퍼져나가는 불길을 보며 이안은 흡족한 표정이 되었다.

'어쩌면 생각보다 쉽게 퀘스트를 완수할 수 있을지도.'

만약 '타락한 아루루'가 화염 계열에 강력한 고유 능력을 가지고 있다면 이 전략은 수포로 돌아갈지도 모른다.

하지만 이안이 지금까지 기억을 통해 엿본 아루루는 화염 계열과 아무런 연관도 없는 히스토리를 가진 NPC였다.

그래서 이 전략은 분명히 통할 것이라고 확신하였다.

아무리 150레벨의 NPC라고 해도 화염 계열의 스킬 없이 산불을 쉽게 통과하지는 못할 터였다.

'벌써 시간이 5분이나 지났다. 앞으로 10분만 더 버티면 되는 건가?'

봉우리 가장 높은 곳인 석상 앞에 선 이안은 퍼져 나가는 불길을 내려다보며 주변을 두리번거렸다. 충분히 불길을 퍼뜨렸지만 이것만으로 퀘스트 완수가 가능할 것이라는 안일한 생각은 하지 않았다. 그래서 이안이 지금 생각하는 것은 2차적으로 저들을 저지하기 좋을 만한 또 다른 계획.

하여 잠시 후 계산을 끝낸 이안이 다시 명령을 내리기 시작했다.

"이곳에 남은 인원은 이제 나를 따른다."

하지만 지금 이 순간 이안이 파악치 못한 것이 하나 있었으니.

그것은 바로 새로운 변수의 등장이었다.

〈※※〉

아루루는 '타락한 아루루'의 시선으로 자신의 기억을 들여다보고 있었다. 그리고 그 과정에서 '타락한 아루루'가 가지고 있던 기억을 차례차례 흡수할 수 있었다.

'내가…… 내가 저런 짓을……?'

기억과 동기화될수록 아루루의 머릿속에는 많은 것들이 떠오르기 시작하였다.

과거의 자신이 지금 이 바위 봉우리를 오르고 있는 이유.

그리고 이 순간 자신과 함께하고 있는, 마기에 물든 '다크엘프'들의 정체까지.

그래서 아루루는 두 눈을 질끈 감고 싶었다.

과거의 그녀와 다크엘프 무리은 결코 경비대가 막아 낼 수 있는 수준의 전력이 아니었다. 그렇다는 건 결국 '라그루트의 석상'을 자신의 손으로 부수는 장면을 곧 두 눈으로 보게 되리라는 뜻이었다.

물론 아직 환영으로 보지 못한 부분까지 기억이 난 건 아니다. 하지만 그것과 별개로 충분히 예상 가능한 미래였으니 아루루의 마음은 참담하기 그지없었다.

'아, 아아……!'

순식간에 보초병들을 학살한 '타락한 아루루'는 무서운 속도로 봉우리를 타고 오르기 시작했다.

그런데 그때.

아루루가 예상치 못했던 첫 번째 변수가 발생하였다.

화르륵-!

'어……?'

질풍 같은 속도로 산을 타고 질주하던 아루루의 눈앞에 거대한 화마가 밀려들어 오기 시작한 것이다.

덕분에 순식간에 산 중턱에서 고립되어 버린 과거의 자신과 다크엘프 무리.

"아루루 님……!"

"이제 어찌 된……?"

심지어 변수는 거기서 끝이 아니었다. 불길 속에 고립된 그들을 향해 어디선가 화살이 쏟아지기 시작했으니 말이다.

핑- 피핑-!

화살들의 위력은 그렇게 강력한 것이 아니었지만, 문제는 불길이었다. 무지막지한 열기에 지속적인 피해를 입고 있는 상황에서 날아드는 화살까지 막아 내며 움직이는 일은 강력한 다크엘프들에게도 쉽지 않았으니 말이다.

그래서 아루루는 생각했다.

'혹시……?'

어쩌면 여기서 자신은 실패했고, 결국 라그루트의 석상을 부순 것이 본인은 아닐지도 모른다고 말이다.

물론 그렇다고 해도 자신이 과거 라세니아 왕국에 반기를 들었다는 사실은 변함이 없다.

하지만 라세니아 왕국의 신성과도 같은 라그루트의 석상을 직접 부수지 않았을지도 모른다는 생각만으로도 조금은 위안이 되는 게 사실이었다.

'제발……!'

하지만 잠시 후, 아루루는 다시 절망할 수밖에 없었다.

불길 속에서 고전하던 '타락한 아루루'의 눈앞에, 갑자기 검붉은 달빛이 번쩍였으니 말이다.

콰아앙–!

정확히는 달빛을 반사하는 시뻘건 빛깔의 검신(劍身).

그 검신이 번쩍일 때마다 불길은 거짓말처럼 검신으로 빨려 들어갔다.

그것을 발견한 순간 아루루의 머릿속에는 새로운 기억이 속속들이 떠오르기 시작하였다.

'이 검은……?'

그리고 그녀의 불길한 예상은 정확히 들어맞았다.

"키리에 님……!"

'깊은 숲 아루루'의 기억 속에도 등장했던 의문의 인물, 키리에.

화염은 사나운 기세로 이글이글 타올랐지만 붉은 검은 그에 아랑곳하지 않고 열기를 제압하였다.

그 마검의 주인은 바로 키리에였던 것이다.

한 치 앞도 보이지 않던 불길의 숲속에서 결국 길이 열렸다.

"내가 조금 늦었군요."

"아닙니다. 저들이 숲에 불까지 지를 줄은…….."

"시간이 촉박해요. 일단 움직이도록 하죠."

"예, 키리에 님."

그녀를 발견한 순간 아루루는 모든 희망을 버릴 수밖에 없었다.

그녀와 관련된 모든 기억들이 떠올랐으니 말이다.

'아, 아아……!'

'세리에'라는 가명으로 라세니아 제국에 잠입하여 결국 이 모든 상황의 단초를 제공했던 다크엘프.

―용살자 키리에 : Lv. ???

화룡 이그니스를 살해한 자.

그리하여 '용살자'라는 칭호를 얻었으며.

그와 동시에 불길 그 자체라 불리는 단검, '화룡의 상흔'을 손에 넣은 절대자.

온 세상을 집어삼킬 것처럼 타오르는 이 거대한 화마로도 결코 그녀를 막을 수는 없을 게 분명하였다.

이안이 뭔가 잘못됐다는 걸 깨달았을 때는, 불길 속에서 화마에 휩싸인 채 튀어나온 다크엘프들을 두셋 정도 처치했을 무렵이었다.

'······!'

어느 순간 잦아들기 시작한 산불.

그와 동시에 여기저기서 단발마의 비명이 울려 퍼졌다.

"크아악–!"

"으헉–!"

그것은 분명 경비대원들의 비명이었다.

비명이 들린다는 것은 뭔가 잘못됐다는 이야기였다.

경비대원들은 전부 화마가 미치지 않는 바위 봉우리 위편에 포진되어 있었으니까.

'설마 다른 쪽에서 뚫렸나?'

이안이 지키고 있던 곳은 분명 '타락한 아루루' 일행이 지날 수밖에 없는 길목이었다. 다른 길목들에 비해 가장 불이 조금 붙은 그나마 돌파할 만한 지형이었으니 말이다.

그래서 이안의 계획은 이곳에서 대기하다 최대한 시간을 끄는 것.

150레벨의 타락한 아루루라 해도 여기까지 도달했다면 적잖은 화상을 입은 상황일 테고, 그렇다면 이안도 충분히 비벼 볼 만하다고 생각한 것이다.

그 증거로 지금 100레벨 정도인 복면인 몇몇을 이안 혼자서 큰 어려움 없이 사살하였으니까.

하지만 결과적으로 이안의 계획은 틀어졌다.

이안의 직감이 그렇게 말하고 있었다.

'이제 3분만 더 버티면 되는데……!'

퀘스트 창 구석에 떠올라 있는 남은 시간은 이제 2분대로 들어섰다. 그 때문에 이안은 사실상 퀘스트가 성공했다고 생각하고 있었는데 커다란 변수가 생겼다.

하여 이안은 달려드는 복면인의 단검을 활대로 쳐 낸 뒤 곧바로 뒤돌아 뛰어 올라갔다. 만약 타락한 아루루가 석상의 지척까지 도달한 상황이더라도 아직 희망은 있었다. '라그루트 석상'의 내구도는 오백만이 넘는 수준이었으니까.

'150레벨의 네임드 몬스터라면, 2분 안에는 충분히 깨부술 내구도지만…….'

몇 번만 저지하면 된다.

지금 이 순간에도 시간은 흐르고 있었으니까.

이안은 그런 생각을 하며 온 힘을 다해 봉우리를 뛰어올라갔고.

타탓-!

곧 석상이 보이는 위치까지 도달할 수 있었다.

하지만 그와 동시에…….

콰아앙-! 콰콰쾅-!

거대한 굉음과 함께 이안의 눈앞에 떠오른 메시지는 이안을 당황하게 하기 충분한 것이었다.

　-'용살자 키리에'가 고유 능력 '용살검'을 발동하였습니다.

　-성물 '라그루트 석상'의 내구도가 457,850만큼 감소합니다.

　-성물 '라그루트 석상'의 내구도가 512,233만큼 감소합니다.

　-성물 '라그루트 석상'의 내구도가 464,473만큼 감소합니다.

'미친……! 용살자 키리에? 이건 또 뭐야?!'

내구도 500만에 방어력도 튼튼한 라그루트 석상의 내구도가 누군가의 칼질 몇 번에 1/4 가까이 날아가 버렸으니까.

그래서 이안은 다른 어떤 생각을 할 겨를도 없이 곧바로 활시위를 당겼다.

끼이익-!

상황에 대해 생각할 겨를조차 없었다.

이안의 머릿속에는 일단 석상을 향해 검을 내뻗는 저 의문의 인물을 저지해야 한다는 생각만이 가득했다.

'막아야 돼!'

'용살자 키리에'라는 NPC가 얼마나 강한지는 지금 이안에게 고려 대상이 아니었다.

어차피 이곳은 '아루루의 꿈속'. 즉, 가상의 공간.

사망에 이른다 할지라도 죽는 것은 이안이 아닌 경비대장이었고, 페널티는 퀘스트 실패 페널티밖에 없었으니.

죽음을 두려워할 이유가 없다.

피핑-! 피피핑-!

그래서 이안의 화살은 정확히 키리에의 머리를 향해 쏘아졌다.

아무리 '경비대장'인 이안의 전투력이 '용살자 키리에'에 비해 현저히 떨어진다 하더라도. 머리로 쏘아지는 화살을 무시한 채 석상에 검을 꽂아 내릴 수는 없을 터.

그리고 이안의 예상처럼 키리에는 내리 치려던 검을 회수하여 이안이 쏘아 낸 화살을 막아 내었다.

까강, 까아앙-!

경비대원들과 다크엘프들의 전투 때문에 소란스러운 가운데, 키리에의 검에서 만들어진 쇳소리가 허공에 요란하게 울려 퍼졌다.

이어서 키리에의 시선이 이안을 향해 반사적으로 움직였다. 그러자 옅은 보랏빛이 맴도는 창백한 키리에의 얼굴이 이안과 마주하였고.

"......!"

멀리서나마 그녀와 눈이 마주친 이안은 소름이 돋는 것을 느꼈다. 냉담한 그녀의 표정에서 살기가 느껴졌으니 말이다.

'거, 살벌한 아줌마네.'

하지만 이안은 최대한 여유로운 표정을 지었다. 소름이 돋는 것과 별개로, 이안은 다음 플랜을 실행해야 했으니까.

'이제 남은 시간은 1분……!'

키리에가 뭐라도 입을 열기 시작하면 다년간 다져진 NPC 최적화 화술로 시간을 끌 생각이었던 것.

그러나 아쉽게도 키리에는 그렇게 멍청한 NPC가 아니었다.

"사살하세요."

차갑고 무미건조한 목소리로 정확히 한마디만 던진 다음, 다시 검을 들어 석상을 내려치기 시작한 것이다.

쉬이익-!

그러자 키리에의 뒤편에서 나타난 '타락한 아루루'가 대신해서 이안을 향해 맹렬히 쇄도하였고…….

"감히 키리에 님께 활을 겨누다니!"

이안은 그녀의 공격을 피해 내며 젖 먹던 힘까지 다해 질주하였다.

'제발 50초만……!'

이안은 키리에를 향해 달리는 와중에도 계속해서 화살을 쏘아 대었다.

핑-! 피피핑-!

키리에가 석상의 내구도를 깎는 것을 조금이라도 저지하

기 위해서 말이다.

　—성물 '라그루트 석상'의 내구도가 123,312만큼 감소합니다.
　—'용살자 키리에'가 무기 막기를 사용하여 화살을 막아 냅니다!
　—성물 '라그루트 석상'의 내구도가 127,152만큼 감소합니다.
　—'용살자 키리에'가 무기 막기를 사용하여 화살을 막아 냅니다!
　—'용살자 키리에'가 무기 막기를 사용하여 화살을 막아 냅니다!
　……후략……

그나마 다행인 것은 처음 50만씩 내구도를 날려 버리던 게 특별한 공격 기술이었는지 이제는 한 방에 10만 정도밖에(?) 내구도가 깎이지 않은 것.

　—성물 '라그루트 석상'의 내구도가 72%만큼 남았습니다.
　—성물 '라그루트 석상'의 내구도가 69%만큼 남았습니다.
　……후략……

그래도 이안의 입에 침이 말라가기 시작하는 것은 다를 바 없었다.

'한 방에 2~3퍼센트 정도의 내구도가 날아가니까…….'

이제 키리에가 일곱 번 정도만 검을 휘둘러도 내구도는 절반 이하로 떨어지고 말 터.

"쥐새끼 같은 놈! 이리 오지 못해?"

쐐애애액-!

게다가 아루루의 공격 때문에 생명력이 뭉텅이로 날아가고 있는 상황이었으니, 이렇게까지 스릴 넘치는 상황도 오랜만에 경험해 보는 이안이었다.

　　-퀘스트 종료까지 25초 남았습니다.
　　-성물 '라그루트 석상'의 내구도가 63%만큼 남았습니다.

깡- 까강-!

　　-퀘스트 종료까지 14초 남았습니다.
　　-성물 '라그루트 석상'의 내구도가 56%만큼 남았습니다.
　　-퀘스트 종료까지 8초 남았습니다.
　　-성물 '라그루트 석상'의 내구도가 54%만큼 남았습니다.

라그루트의 내구도가 절반 이하로 떨어지면 그대로 퀘스트는 실패하게 된다.

이제 남은 시간은 5초.

라그루트가 버텨 낼 수 있는 공격은 단 두 방.

콰앙-!

이안의 화살을 다시 막아 낸 키리에가 그 동작에 이어서 있는 힘껏 단검을 내질렀다.

　ー성물 '라그루트 석상'의 내구도가 87,312만큼 감소합니다.
　ー성물 '라그루트 석상'의 내구도가 51%만큼 남았습니다.

　이제 이안이 선택할 수 있는 마지막 선택지는 이것 하나밖
에 없었다.
　"젠장, 나도 모르겠다⋯⋯!"
　검붉은 핏빛으로 빛나는 키리에의 검, 화룡의 상흔. 그 검이
쇄도하는 정면을 향해 그대로 몸을 밀어 넣어 버린 것이다.
　좌아악ー!
　물론 맨몸을 가져다 댄 것은 아니다.
　경비대장은 경갑이지만 갑주도 착용한 상태였으며, 본능적
으로 활대를 치켜 든 이안이 그녀의 공격을 막아 내었으니까.
　쾅ー!
　하지만 키리에의 공격이 활대에 박히는 순간 이안은 정신
이 어질어질해지는 느낌을 받았다.

　ー치명적인 피해를 입었습니다!
　ー무기 막기를 발동하였습니다!
　ー감당하기 힘든 공격을 받아 무기가 파손됩니다!

본능적으로 거의 완벽한 '무기 막기'를 하였음에도 불구하고 전해지는 충격이 어마어마한 것이었으니 말이다.

'대체 이놈은 레벨이 몇이야?'

하지만 그것과 별개로 이안은 결국 웃을 수 있었다.

　－퀘스트 종료까지 0초 남았습니다.
　－퀘스트가 종료되었습니다.

결국 이 지랄맞은 퀘스트를 클리어해 낼 수 있었으니까.

돌발 & 연계 퀘스트, '타락한 아루루 저지' 퀘스트를 성공적으로 클리어하셨습니다.

클리어 등급 : S

－'버려진 요정의 비밀 II' 퀘스트의 숨겨진 임무에 성공하셨습니다.

－'버려진 요정의 비밀 II' 퀘스트의 클리어 등급이 상향 조정됩니다.

……하략……

물론 키리에의 공격을 버티지 못하고 사망하기는 하였지만.

　－생명력이 전부 소진되었습니다.
　－사망하셨습니다.

예상대로 사망에도 아무런 페널티가 없었다.

　-'아루루의 기억' 밖으로 퇴장당합니다.

　다만 이제 등장인물의 시점이 아닌 관전자의 시점으로 상황을 지켜보게 되었을 뿐.
　쿠웅-!
　까맣게 어두워졌던 이안의 시야가 다시 밝아지며 봉우리의 상황이 한눈에 들어오기 시작하였다.
　그리고 그와 거의 동시에.

　-감히, 마인들이 나 라그루트의 신능에 반하려 하다니.

　화르르르륵-!
　태양의 신룡 라그루트가 강림하자 모든 숲이 불길에 잠기기 시작하였다.
　그리고 그것은…….
　분노한 신능이 담긴 영겁의 불꽃이었다.
　"결국 이렇게 되었군요."
　키리에의 씁쓸한 목소리가 울려 퍼짐과 동시에 이안이 질렀던 산불과는 차원이 다를 정도로 강렬한 불길이 봉우리를 뒤덮기 시작하였다.

지직-! 지지지직-!

이어서 그 위에는 거대한 에인션트 드래곤이 강림하였다.

-또다시 같은 실수를 반복하려 하는구나, 어리석은 아이야.

쩌렁쩌렁 울려 퍼지는 라그루트의 목소리 앞에서도 키리에는 조금도 주눅 들지 않았다.

"신격을 얻은 뒤에도 하계에 개입하려 하다니, 치졸하기 그지없군요, 라그루트."

-겁을 상실했군.

"기왕 이렇게 된 것, 어째서 제게 용살자라는 이명(異名)이 생겼는지 증명해 보이도록 하지요."

-용살자라…… 겁을 상실한 것이 아니라, 미친 것이었구나!

"어차피 그대도 하계에서는 본신의 힘을 전부 발휘할 수 없을 터."

-……!

"오늘 나 키리에는 그대를 넘어, 이 숲에서 기필코 라세니아를 몰아낼 생각입니다."

둘 사이에서 몇 마디 대사가 오가는 동안, 이안은 숨죽여 상황을 지켜보았다.

'아무리 지상계에서 제대로 된 신격 발휘가 힘들다고는 하지만…… 그래도 신격까지 얻은 드래곤과 맞서려면 최소 450레벨은 넘어야 할 텐데.'

그런데 본격적으로 둘 사이의 전투가 시작되자, 이안은 자신이 왜 키리에의 공격 한 방에 사망했는지 이해할 수 있었다.

키리에는 과거 이안이 중간계에 들어서기 전.

400레벨 후반이었던 본서버의 캐릭터로도 상대하기 힘들어 보일만큼 강력한 무력을 가지고 있었으니 말이다.

쾅– 콰콰쾅–!

하지만 결국 키리에는 라그루트를 넘을 수 없었다.

"크윽……!"

라그루트도 결국 그녀를 죽이지는 못하였지만, 그것은 단지 현신할 수 있는 시간이 부족해서일 뿐이었으니까.

–용살자여, 앞으로는 '**영원한 용의 저주**' 와 함께 살아갈지어다.

화륵–!

라그루트의 입에서 뿜어져 나온 화염의 인장이 키리에의 전신을 휘감더니 스며들었다.

그리고 그와 동시에.

띠링–!

이안의 눈앞에, 새로운 시스템 메시지들이 주르륵, 하고 떠오르기 시작하였다.

–'타락한 아루루'를 저지하는 데 성공하였습니다.

–'아루루의 기억' 일부가 바뀌었습니다.

–남은 기억의 조각 전부를 바꾼다면 진실된 기억, '다른 결말'을

획득할 수 있습니다.

……중략……

−지금부터 10일 동안 히든 필드, '불에 담긴 대지'에 입장하실 수 있습니다.

−'불에 담긴 대지'에 입장하시겠습니까?

이어서 모든 시스템 메시지를 확인한 이안의 두 눈이 휘둥그레졌음은 당연한 수순이라고 할 수 있었다.

❦

퀘스트 클리어와 함께 이안의 눈앞에 펼쳐진 시네마틱 영상.

'아루루의 기억 일부가 바뀌었다고……?'

그에 더해 이안의 눈앞에 떠오른 수많은 시스템 메시지들은 한동안 이안을 말뚝처럼 가만히 서 있도록 만들었다.

'……진실된 기억? 다른 결말? 이건 또 뭔데?'

누구보다 다양한 퀘스트를 진행해 본 이안조차도 정신이 없을 정도로 봇물처럼 많은 정보가 한꺼번에 쏟아져 들어왔으니 말이다.

−퀘스트 보상으로 '섬광의 활(전설)' 장비를 획득합니다.

—아루루와의 친밀도가 +10만큼 증가합니다.

—파티원 '아루루'가 혼란 상태에 빠졌습니다.

……후략……

하지만 퀘스트와 관련된 정보들은 아직까지 어떤 의미를 갖고 있는지 알 수 없는 내용들이 대부분이었다.

그래서인지 이안의 눈에 가장 먼저 들어온 것은 히든 필드 관련 내용과 보상 부분이었다.

'미친 히든 필드 안에 또 히든 필드? 이런 경우도 있었나? 개꿀인데?'

그것들이야말로 지금의 이안에게 실질적인 도움과 이득을 줄 수 있는 부분들이었으니 말이다.

'섬광의 활이라……. 아무래도 이게 메인 보상인 것 같은데. 어디 한번 살펴볼까?'

그래서 얼추 시스템 메시지들을 파악한 이안은 일단 인벤토리부터 열어 보았다.

그리고 잠시 후.

"……!"

그의 동공은 점점 더 크게 확대되기 시작하였다.

섬광의 활

분류 : 활(장궁)

등급 : 전설

착용 제한 : Lv.195

*〈요정의 수호자〉칭호를 보유했거나 〈버려진 요정의 비밀 II〉퀘스트를 진행 중이라면 착용 제한을 무시하고 착용이 가능합니다.

*착용 제한보다 낮은 레벨로 착용 시 장비의 능력치는 하향 보정됩니다.

공격력 : 1,955~3,327

내구도 : 제한 없음

옵션 : 모든 능력치 +19

궁술 +5

명중률 보정 + 10%

*고유 능력

−섬전

모든 종류 화살의 탄속이 사용자의 민첩성에 비례해 빨라집니다. (최소 1.5배)

모든 활 공격의 위력이 탄속에 비례하여 증폭됩니다.

명중 시마다 다음 활 공격의 탄속이 10%만큼 증가하며 증가된 탄속은 화살이 빗나갈 때까지 중첩됩니다.

탄속 가속이 100% 이상 중첩되었다면 화살이 발사될 때마다 강력한 뇌전이 함께 발사됩니다.

뇌전의 위력은 공격력과 탄속에 비례하며, 뇌전이 터질 때마다 주변에 80%만큼의 범위 피해를 입힙니다.

−???

봉인된 고유 능력입니다.

라세니아 왕국의 왕녀 '슈린'이 사용했던 활입니다.

섬광의 활을 능숙하게 다룬다면 빛살보다 빠른 속사를 구사할 수 있을 것이며, 궁술이 극의에 달한 이는 강력한 위력의 번개까지도 소환해 낼 수 있을 것입니다.

하지만 궁술이 미숙한 이가 다룬다면 평범한 활과 다를 바 없는 물건으로 전락할 것입니다.

*〈버려진 요정의 비밀 II〉퀘스트를 클리어하지 못한다면 소멸됩니다.

*〈버려진 요정의 비밀 II〉퀘스트를 클리어할 시 봉인된 고유 능력이 개방됩니다.

*계정 귀속

유저 '이안' 에게 귀속된 아이템입니다.

다른 유저에게 양도하거나 팔 수 없으며, 캐릭터가 죽더라도 드롭되지 않습니다.

　

섬광의 활의 옵션을 확인한 이안의 두 눈은 최근 들어 가장 밝게 반짝이고 있었다.

'오랜만의 대박인가, 이거?'

서사급 퀘스트 안에서도 조건부에 의해 발동한 숨겨진 퀘스트인 '타락한 아루루 저지'.

어지간해서는 얻기조차 힘든 데다 극악의 난이도를 자랑했던 퀘스트를 클리어했으니 분명 대단한 장비를 보상으로 줄 것이라 생각했지만 '섬광의 활'은 이안이 상상했던 이상으로 어마어마한 능력치를 가진 강력한 장비였으니 말이다.

'이 정도면 탈전설급 옵션인데…….'

물론 착용 제한이 195레벨이니만큼, 이안이 과거 사용하던 400레벨대 아이템보다 공격력이 높을 수는 없다.

아니, 오히려 이 섬광의 활이 가진 공격력은, 동레벨대 유일 등급이나 영웅 등급의 장궁보다도 조금 약한 수준이었다.

'궁술이 미숙한 이가 다룬다면 평범한 활과 다를 바 없는 물건으로 전락할 것'이라는 친절한 설명처럼 말이다.

하지만 이안이 들면 다르다.

'간단하네. 빨리 쏴서 전부 다 맞힐 수만 있다면…… 말도 안 되는 DPS를 뽑아낼 수 있다는 얘기잖아?'

원래도 어지간한 궁수 랭커보다 속사 실력을 가진 명사수인 이안이야말로 이 '섬광의 활'이 가진 고유 능력인 '섬전'을 누구보다 잘 활용할 수 있는 유저였으니까.

'위력이 탄속에 비례해서 얼마나 증가할지는 모르겠지만……. 화살을 열 번만 연속으로 맞추면 그 때부터 뇌전이 터질 테고.'

그야말로 '섬광'이라는 장비명에 아주 잘 맞는, 흥미롭고도 특별한 옵션을 가진 섬광의 활을, 이안은 얼른 쏴 보고 싶어 손이 근질거릴 지경이었다.

'아직 레벨이 낮으니 무기 공격력은 좀 다운-그레이드되겠

지만, 그래도 기존에 쓰던 활보다 DPS가 두 배는 나오겠어.'

판도 이미 깔렸다.

새로운 무기를 시험할 수 있는 '히든 필드'라는 판 말이다.

그래서 이안은 옆에서 멍하니 서 있는 아루루를 향해 입을 열었다.

"아루루, 괜찮아?"

그 물음에 겨우 정신을 차린 아루루가 고개를 휘휘 저으며 눈을 깜빡였다.

"나…… 꿈을 꾼 것 같아, 이안."

"꿈……? 무슨 꿈?"

그리고 아루루의 표정에는 사라졌던 생기가 다시 조금 피어오르고 있었다.

"슈린 님께서 날 부르셨어."

"음……? 슈린 님은 어디에 있는데?"

"불에 담긴 대지를 건너 '메루스 에덴'이라는 곳에…….."

그리고 아루루의 말이 끝나기가 무섭게…….

띠링-!

이안의 눈앞에 시뻘건 불길이 치솟기 시작하였다.

–'몽환의 숲' 내부에 '불에 담긴 대지'로 향하는 포털이 무작위로 생성됩니다.

그 불길은 이안을 히든 필드로 데려다 줄 포털이었다.

아토즈는 오전에 천공의 숲에 도착했지만, 반나절이 넘도록 고생 중이었다.

고생하는 이유는 복합적인 것이었지만 핵심은 하나였다.

'젠장, 뭐 이런 필드가 다 있어?'

몇 시간 동안이나 헤매도 일일 퀘스트(라 쓰고 노역이라 읽는다.)의 추천 장소로 제시된 '불에 담긴 대지'라는 필드를 찾을 수 없었던 것이다.

분명히 지도에 좌표까지 표시돼 있었건만 아토즈는 길을 잃고 말았다. 명시된 좌표로 가던 와중에 엉뚱하게 '몽환의 숲'이라는 또 다른 히든 필드에 갇혀 버렸으니 말이다.

'아오! 이거 제자리에서 빙빙 도는 것 같잖아?'

심지어 '몽환의 숲' 필드는 천공의 고원보다도 상위 난이도의 필드였다. 마법사 최상위 레벨인 아토즈의 스펙으로도 자칫 잘못하면 순식간에 죽어 버릴 수 있을 정도.

사냥이 어렵다 보니 경험치 효율도 나빴다.

이래저래 아토즈는 울고 싶었다.

최소 1분에 한 번씩, 지금이라도 당장 귀환서를 찢고 마을로 돌아가야 하지 않을까 갈등할 정도로 말이다.

"하아, 불에 담긴 대지인지 나발인지…… 다 때려치우고 돌아갈까?"

꼭 히든 필드가 아니라도 불의 징표가 드롭되는 필드는 있을 테니 아쉬운 대로 거기서 퀘스트를 진행하는 것도 방법.

하지만 카일란이 항상 그렇듯 포기하려 할 때쯤 아토즈의 눈앞에 당근이 떨어졌다.

지직- 화르르륵-!

슬슬 인내심에 한계가 올 즈음, 몽환의 숲 곳곳에 불길이 솟아오르더니 화염으로 만들어진 포털이 열린 것이다.

"……!"

아토즈는 망설임 없이 포털 안으로 뛰어 들어갔다.

포털 안의 필드가 위험할 수 있음에 대해 생각하지 않은 것은 아니었다. 다만 카일란 '일일 퀘스트' 시스템의 특징을 잘 알고 있을 뿐이었다.

'난이도야 분명 높겠지만……. 그래도 90레벨 이상 몬스터가 등장하지는 않겠지.'

시스템적으로 일일 퀘스트에서 제안하는 필드의 레벨은 유저 레벨보다 25레벨 이상 높을 수 없도록 되어 있었다.

그런데 지금 아토즈의 레벨은 60레벨대였다. 그렇다면 히든 필드라고 하더라도 어차피 90레벨 이하의 몬스터가 등장할 테니 몽환의 숲보다 특별히 고난이도도 아닐 터.

아무리 어려워도 비벼 볼 수는 있을 것이라는 아토즈의 계산이었다.

　　-히든 필드, '불길의 대지'에 입장하시겠습니까? (Y/N)

　게다가 히든 필드 안의 또 다른 히든 필드라는 듣도 보도
못한 구조가 아토즈의 물욕 센서를 더욱 자극시켰다.
　'오늘 여기서 대박 하나 건져 보자……!'
　'히든'이라는 수식어에 담긴 희귀도가 이중으로 중첩된 것
이나 다름없었으니, 잘만 풀리면 어마어마한 보상을 얻을 수
있을 것이라는 계산이 선 것이다.
　그렇게 '불길의 대지' 안으로 들어선 아토즈는 자신의 물욕
센서가 틀리지 않았다는 사실을 알 수 있었다.
　띠링-!

　　-특수한 필드에 입장하셨습니다.
　　-히든 퀘스트 '요정들의 왕국, 라세니아의 비밀 (히든)'이 발생하
였습니다.
　　-퀘스트를 진행하는 동안 '불길의 대지'에서 획득하는 모든 경험
치를 2배로 적용받습니다.
　　……중략……

"대박……!"

그리고 그와 동시에…….

    -'요정들의 왕국, 라세니아의 비밀 (히든)' 퀘스트를 수령하시겠습니까?
    -퀘스트를 수령한다면 해당 퀘스트를 클리어하거나 사망 할 때까지 필드 밖으로 이동이 불가능해집니다.
    -퀘스트를 수령하지 않는다면 히든 필드에서 강제로 추방됩니다.

그대로 악마의 계약서(?)에 사인할 수밖에 없었다.
"제기랄……! 못 먹어도 고!"

    -퀘스트를 수령하셨습니다!
    -'요정들의 왕국, 라세니아의 비밀 (히든)' 퀘스트가 시작됩니다.
    -퀘스트 진행을 위해 '불타는 제단'에 도착해야 합니다.
    -'불타는 제단'에 도착할 시 퀘스트 내용이 공개됩니다.

시스템 메시지를 전부 확인한 아토즈는 전의를 불태우며 맵을 확인하였다.
'불타는 제단'이라는 오브젝트가 있는 위치까지는 맵상으로 대략 30분 정도 이동해야 하는 거리.
하지만 이때만 해도 아토즈는 알 수 없었다.
이 '30분 거리'를 이동하는 데, 거의 사흘이 걸리게 될 것이라는 사실을 말이었다.

'불에 담긴 대지' 필드는 그 이름처럼 온 세상이 활활 불타고 있는 필드였다.

다행히 불지옥처럼 발 디딜 틈 없이 바닥에 화염이 깔려 있는 것은 아니었지만, 곳곳에 불기둥이 솟아오르고 있어 가만히 있어도 땀이 줄줄 흘러내릴 정도였던 것이다.

하지만 그런 불쾌지수 따위는 이안에게 아무런 영향을 줄 수 없었다.

핑— 피피핑—!

불에 담긴 대지에 입장한 순간부터 이안은 이 베리타스 서버에 온 이후 가장 신이 난 상태였으니 말이다.

"이안, 왜 자꾸 그쪽으로 가는 거야?"

"아, 안전하게 이동하려면 후환을 남기지 말아야 하잖아."

"그래도 완전히 반대 방향인데, 굳이 그렇게까지 해야 해?"

"걱정하지 마, 아루루. 슈린 님께 널 꼭 데려다줄 테니까."

"음, 널 믿지만……."

이안은 불타는 대지 안의 몬스터들을 닥치는 대로 쓸어버리는 중이었다.

정말 개미 새끼 한 마리 남지 않도록 필드를 청소하겠다고 각오했는지 미친 듯이 활을 쏘아 대며 광기의 사냥을 시작한 것이다.

퀘스트를 진행하기 위해서는 일단 북쪽에 있는 '불타는 제단' 방향으로 이동해야 했지만, 일부러 동서남북 모든 필드를 휘젓고 다닌 것.

지지직— 퍼퍼펑—!

'불에 담긴 대지'의 몬스터들은 몽환의 숲 몬스터들보다 강했지만 그런 것은 아무런 상관이 없었다.

몬스터가 1.2배 정도 강력해졌다면 이안은 지금 2배 이상 강력해진 느낌이었으니 말이다.

"그나저나 대단하네, 이안."

"뭐가?"

"네 활 솜씨 말이야."

"하하."

"화살에서 뇌전이 뿜어지는 걸 볼 때마다 마치 슈린 님의 궁술을 보는 것 같아."

"흐흐, 이게 다 섬광의 활 덕분이지."

"아니야, 이안. 나도 예전에 그 활을 써 본 적이 있어."

"그래?"

"그 활은 아무나 쏜다고 섬전이 만들어지는 활이 아니야. 난 슈린 님 말고 그 활로 섬전을 만들 수 있는 명사수가 또 있을 줄 몰랐어."

경험치와 골드가 쏟아져 들어오는 상황에서 이렇게 아루루의 칭찬까지 추임새 격으로 더해지니.

이안은 신나지 않으려야 않을 수가 없었다.

'흐흐! 이 사냥 속도면 순식간에 60레벨도 달성할 수 있겠어.'

이안의 60레벨 달성 난이도는 일반적인 베리타스 유저 기준에서 80레벨 이상이나 다름없는 수준이다. 그 말인즉, 눈에 보일 정도로 차오르고 있는 이안의 경험치 게이지야말로 이안의 사냥 속도가 얼마나 빠른지에 대한 반증이라는 것.

하여 이안은 하루 안에 '불타는 제단'까지 도착할 수 있었음에도 불구하고 거의 사흘 동안을 필드 남쪽에 머물러 있었다.

정말 몬스터라고는 개미 새끼 한 마리도 남김없이 전부 사냥했기 때문이었다.

"이안, 우리 너무 지체한 것 같아."

"알겠어. 이제 북쪽으로 가자."

그런데 '불에 담긴 대지'에서 사냥을 시작한 지 3일 차 정도 되던 날.

이안은 생각지도 못했던 상황에 마주하게 되었다.

"잠깐, 아루루."

"응……?"

"저기 누가 있는 것 같은데?"

필드 멀찍한 곳에 어쩐지 낯익은 실루엣이 모습을 드러낸 것이다.

불에 담긴 대지

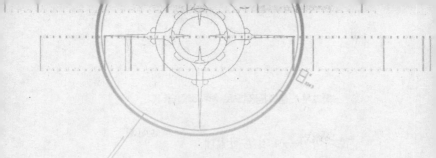

사면초가라는 말이 있다.

누구의 도움도 바랄 수 없을 정도로 고립되어 이러지도 저러지도 못하는 상황을 일컫는 말.

물론 독일인인 아토즈가 그러한 사자성어를 알 리 없었지만, 지금 그의 상황이 딱 그 짝이었다.

불에 담긴 대지에 들어선 순간부터 아토즈에게 뒤는 없었던 것이다.

　-'아이스 블래스트' 마법을 성공적으로 캐스팅하였습니다.

　-'화그투스'가 빙결 상태에 빠집니다.

　-'화그투스'에게 치명적인 피해를 입혔습니다!

-'화그투스'를 성공적으로 처치하였습니다.

"흐아아아…… 겨우 잡았네."

'불에 담긴 대지'필드의 난이도는 아토즈가 상상했던 것 이상이었다.

몬스터의 레벨은 예상대로 90레벨이 넘지 않는 수준이었는데, 문제는 등급이 죄다 영웅 등급 이상이었던 것이다.

등껍질이 불에 활활 타오르는 '화그투스'라는 거북이 녀석은 거북이답게 단단한 맷집에 공격력도 무시할 수 없는 수준이었고.

한 번씩 불타는 숲속에서 튀어나오는 '투그'라는 표범 녀석은 위협적인 속도로 암살을 시도하였다.

그래서 사실상 아토즈는 지금 사냥을 하는 것이 아니라 생존을 위한 사투를 벌이고 있었다.

3일째 치열하게 싸운 덕분에 레벨도 어느 정도 오르긴 했지만 천공의 고원에서 사냥하는 것보다 오히려 느린 수준이었다.

심지어 이 속도로는 앞으로 3일이 더 지나도 '불타는 제단'에 도착할 수 있을지조차 장담할 수 없는 수준.

'제길, 내가 무슨 부귀영화를 누리겠다고……!'

그렇다고 히든 필드와 히든 퀘스트를 포기하고 마을로 귀환할 수도 없었다.

이곳 불에 담긴 대지에서 나가는 방법은 퀘스트를 클리어하거나 사망하는 방법뿐이었으니까.

불에 담긴 대지는 귀환 주문서조차도 찢을 수 없도록 만들어진 지옥 같은 필드.

–정체를 알 수 없는 열기가 차원의 흐름을 차단합니다.

–귀환 주문서를 사용할 수 없는 지역입니다.

로그아웃도 소용없었다.

게임을 껐다 켜도 아토즈의 캐릭터는 불에 담긴 대지에 그대로 서 있을 뿐이었다.

"제길!"

그래서 아토즈는 울며 겨자 먹기로 몬스터를 한 땀, 한 땀 처치해 가며 한 걸음씩 나아가고 있었다.

그나마 다행인 것은 그의 상황을 고려하여 일일 퀘스트가 뜨는 것인지, 매일 '불의 징표'를 수집하는 퀘스트만 생성되고 있다는 정도였다.

'경험치라도 터무니없이 조금 주면 그냥 마음 편히 자살을 선택할 텐데, 그것도 아니고…….'

상황이 이렇게 되자 이 모든 일들의 원흉(?)이나 다름없는 이안의 얼굴도 떠올랐다.

하지만 이안을 원망하지는 않았다.

아토즈는 아직도 이안을 콘텐츠 보물단지 정도로 여기고 있었으니까.

다만 돈 좀 아끼겠다고 몸으로 때우려 했던 자신의 선택을 자책할 뿐이었다.

'그냥 이런 무보수 일퀘 같은 거 선택하지 말고…… 돈이나 좀 쓰고 말걸.'

착한 건지 순진한 건지.

이 무보수 일일 퀘스트가 사실 본인이 선택한 것이 아니라 이안이 설계한 것임을 아직도 깨닫지 못한 아토즈였다.

"조금만 더 힘내자. 후……!"

정비를 마친 아토즈는 다시 목적지를 향해 이동하기 시작하였다.

잠시 후 멀찍이 몬스터 무리들이 시야에 들어오기 시작하였다.

'으……!'

그들을 확인한 아토즈는 숨이 턱 막혀 왔다.

벌써부터 저 녀석들을 어떻게 뚫고 앞으로 나아가야 할지, 막막하기 그지없었으니 말이다.

'몬스터 숫자가 적기를 바라는 날이 오게 될 줄이야.'

만약 이곳이 아토즈에게 적정 레벨의 사냥터였다면 이렇게 모여 있는 몬스터 무리를 발견했을 때 군침부터 흘렸을 것이다.

마법사는 본래 몰이사냥에 특화되어 있는 클래스였으니까.

하지만 여기서 그렇게 전투를 설계했다가는 순식간에 회색 화면을 보게 될 터였다.

이곳에서 아토즈가 감당 가능한 몬스터의 한계 숫자는 2마리 정도가 고작이었다.

'한동안 베티를 소환할 수도 없을 테고…….'

그래서 아토즈에게 주어진 선택지는 하나였다.

방금 전까지 그랬던 것처럼.

하나씩 하나씩 몬스터를 유인해서 각개격파 하는 것.

"좋아. 그럼 사이드부터 천천히……."

머릿속에 그림을 그린 아토즈는 천천히 마법을 캐스팅하기 시작했다.

일단 첫 단계는 캐스팅이 가장 짧은 기본 마법인 매직 애로우를 활용해 외곽에 빠져 있는 녀석부터 야금야금 공략하는 것이었다.

우우웅-!

-'매직 애로우' 캐스팅에 성공하였습니다.

쉬이익-!

그런데 다음 순간…….

"으응?"

매직 애로우를 발사한 아토즈는 두 눈을 의심할 수밖에 없었다.

퍽─!

몬스터 무리의 외곽에서 어슬렁거리던 '투크'에게 매직 애로우가 적중된 순간.

　─'투크'에게 마법이 명중하였습니다!
　─'투크'의 생명력이 572만큼 감소합니다.

풀썩─!

거짓말처럼 녀석이 바닥에 쓰러져 회색빛으로 변하였으니 말이다.

'버, 버그인가……?'

눈을 비비고 다시 봐도 매직 애로우에 적중당해 죽은 게 분명하였다. 대미지는 고작 500밖에 뜨지 않았지만, 경험치가 들어왔다는 메시지는 분명히 떠올라 있었으니까.

하지만 아토즈의 당황은 여기서 끝이 아니었다.

지지직─!

퍽, 퍼퍼퍽─!

투크 하나가 쓰러진 것은 그저 '시작'에 불과한 것일 뿐이었으니 말이다.

−'투크'를 성공적으로 처치하였습니다!

−경험치를 획득합니다.

−'투크'를 성공적으로 처치하였습니다!

−'화그투스'를 성공적으로 처치하였습니다!

……후략……

어떤 기적(?)이 일어나기라도 한 것인지, 수십 마리가 넘는 몬스터들이 픽픽 쓰러졌다!

갈 길이 바쁜 아토즈의 입장에서는 그냥 쓰러져 주기만 해도 감사한데, 심지어 녀석들은 아토즈에게 경험치까지 주고 있었다.

−경험치를 획득합니다.

−레벨이 올랐습니다!

−68레벨이 되었습니다.

그야말로 믿기 힘든 기적이 아닐 수 없었다.

'그, 그래! 이렇게 죽으라는 법은 없지!'

하여 환희에 찬 표정이 된 아토즈는 주변을 두리번거리기 시작하였다.

정말 본인의 매직 애로우 한 방에 이 모든 몬스터가 죽어버렸을 리는 없었으니 원인이 무엇인지 찾아보려는 것이다.

'누군가 조력자가 나타난 걸까? 아냐, 그렇다면 경험치가 들어왔을 리가 없지. 그러면 혹시 보너스 페이즈…… 같은 건가?'

그런데 다음 순간…….

"야, 너 여기서 뭐 하고 있냐?"

그 목소리를 들은 아토즈는 반사적으로 고개를 휙 돌릴 수밖에 없었다.

무척이나 낯익고, 또 반가운 목소리였으니 말이다.

"다, 당신은……!"

이어서 그의 얼굴을 확인한 아토즈는 저도 모르게 만세를 불렀다.

"오, 신이시여……!"

그곳에는 아토즈가 머리털 난 뒤 처음으로 모시게 된, 유일한 신(?)이 서 있었으니까.

───※───

이안은 어이가 없었다.

'아니, 여기서 얘가 왜 나와?'

어디서 많이 본 익숙한 실루엣이라고 생각은 했지만, 이곳에서 아토즈를 만나게 될 줄은 몰랐으니 말이다.

'열심히 징표를 모으고 있어야 할 녀석이 여기 왜……?'

게다가 더욱 어이없는 것은 파티도 하지 않은 상황에서 경험치 일부를 아토즈가 분배받아 갔다는 점이었다.

　원래는 아무리 신과 사도의 관계라고 하더라도 파티를 하지 않는다면 경험치를 분배받지 않았는데.

　뭔가 상황이 달라진 것이다.

　-사도 '아토즈'에게 경험치 일부가 분배됩니다.

　-사도 '아토즈'에게…….

"이건 좀 아까운데……?"

"뭐가 말씀이십니까?"

"아, 아무것도 아니야, 아토즈. 그냥 혼잣말 좀 한 거야."

　그래서 사도 시스템 창을 확인한 이안은 충격적인 사실을 하나 확인할 수 있었다.

　-사도 '아토즈'의 정보를 열람합니다.

아토즈

레벨 : 68

클래스 : 마법사

직급 : 하급 신관

신앙심 : 10,920

*보유 중인 권능

신수 소환 (권능 정보 참조)

*신격 '이안'의 첫 번째 사도입니다.

사도 아토즈의 직급이 일반 '신도'에서 '하급 신관'으로 바뀌어 있었으며…….

시스템 정보

*'신관'이상의 직급을 가진 사도와 함께 사냥할 시 전투 경험치의 일부를 사도에게 분배합니다.

그것이 피 같은 경험치를 뺏긴(?) 이유임을 깨달을 수 있었던 것이다.

"이안 님께서도 '불타는 제단'에 가던 길이셨군요!"

"그런…… 셈이지."

"오, 역시! 저는 신께서 인도하신 길을 걷고 있던 것이었습니다!"

"대체 뭐, 뭐라는 거야?"

신과 사도의 경험치 분배 시스템은 무척이나 특이한 구조였다.

일반 파티 사냥에서 분배되는 경험치는 파티원 중 누군가가 몬스터를 처치하든 해당 경험치를 공유하는 느낌이라면…….

신과 사도 간의 경험치 분배는 신이 얻은 경험치만 일방적으로 사도에게 나눠 주는 개념이었으니 말이다.

　여기까지 보면 이안으로서는 엄청나게 손해만 보는 최악의 시스템.

　'뭐 이런 시스템이 다 있어?'

　하지만 이렇게 불합리한 구조를 가진 대신 이 시스템에는 특징이 하나 있었다.

　경험치가 분배되는 과정에서 경험치 효율이 두 배로 증폭되는 구조였다.

---

　*'사도'는 '신'이 획득한 경험치를 분배받을 때 모든 경험치를 2배로 획득합니다.

　*'사도'가 '신'을 통해 분배받은 모든 경험치는, '사도'의 자격을 잃는 순간 '신'에게 반환됩니다. (경험치가 반환될 때에는 다시 1/2만큼 감소되어 반환됩니다.)

　그러니까 이안이 경험치 1,000 중 100 정도를 아토즈에게 분배해 주면 아토즈는 200의 경험치를 획득하게 되는 것.

　'분배되는 경험치는 일반 파티원의 절반 정도인데, 아토즈가 얻는 실질적인 경험치는 그 두 배 정도나 되네.'

　그래서 이것은 이안의 입장에서도 손해라고 볼 수 없었다.

　어차피 사도가 성장하면 이안의 신격도 빠르게 성장할 테고, 만약 아토즈가 사도 계약을 해제한다 하더라도 경험치가 회수되기까지 한다.

게다가 아토즈가 가지고 있던 히든 퀘스트까지 자동으로 공유받게 되었으니 오히려 이득이라고 할 수 있었지만…….

'이러면 뭔가 남 좋은 일 하는 것 같잖아.'

그냥 아토즈가 저렇게 기뻐하는 것을 보니 썩 기분이 좋지 않은(?) 이안이었다.

"야, 토즈. 임무는 매일매일 잘 수행하고 있지?"

"물론입니다!"

"힘들면 지금이라도 포기해도 돼."

"아닙니다! 더욱 성실히 하겠습니다!"

"너 원래 이렇게 충성심이 넘쳤냐?"

"당연합니다. 제가 무려 이안 님의 첫 번째 사도 아닙니까! 후후!"

아토즈를 좀 갈궈 보려던 이안은 고개를 절레절레 저으며 다시 활을 들었다.

"휴우, 퀘스트나 하자."

아토즈에게 버스를 태워주는 느낌이 썩 못마땅하기는 했지만, 그것과 별개로 이 녀석도 마법사 랭커이니만큼 전투에 제법 도움이 될 터.

"옙! 모시겠습니다!"

하여 아토즈라는 혹(?)을 붙인 이안은 다시 불타는 제단을 향해 이동하기 시작하였다.

그리고 아토즈가 홀로 움직였다면 3일은 더 걸렸을 그 거리를, 이안은 정확히 세 시간 만에 주파할 수 있었다.

띠링―!

　　―조건이 충족되었습니다.
　　―'불타는 제단'에 도착하였습니다.

불타는 제단은 그 이름 그대로 불길에 휩싸여 있는 커다란 제단이었다.

다만 특이한 것은 제단이 인공물로 만들어진 어떤 건축물이라기보다는 거대한 한 그루의 고목(古木) 같은 모습을 하고 있다는 점.

그리고 분명 불에 활활 타고 있음에도 불구하고 그 '나무'는 그을음 하나 없다는 점이었다.

그리고 이안이 이 제단을 찬찬히 뜯어보기 시작하자, 시스템 메시지들이 눈앞에 주르륵 떠올랐다.

띠링―!

　　―불타는 제단에 도착하였습니다.
　　―파티원 '아루루'가 잃어버린 기억 일부를 되찾았습니다.
　　―기억의 조각을 추가로 획득하였습니다.

메시지를 확인한 이안의 눈이 살짝 반짝였다.

'오호, 이번엔 좀 쉽네?'

지금까지 아루루의 '기억의 조각'들은 항상 상당한 난이도의 서브 퀘스트를 클리어해야 얻을 수 있었다.

그런데 이번에는 단순히 목적지에 도착한 것만으로도 3개의 조각을 얻게 되었으니 말이다.

이제까지의 정황으로 보면 이제 한 번 정도의 고비만 더 넘기면 12개의 조각을 전부 모을 수 있게 될 터.

이렇게 난이도 높고 장황한 서사급 퀘스트를 클리어했을 때 어떤 보상을 얻을 수 있을지가 벌써부터 궁금해지는 이안이었다.

'뭐, 다른 보상 없이 이 섬광의 활이 온전히 내 것으로 만들어진다는 것만 해도……. 퀘스트는 충분히 클리어할 가치가 있지만 말이야.'

생각이 여기까지 미친 이안은 함께 이곳에 도착한 나머지 두 사람을 한 번씩 번갈아 보았다.

그리고 지금 이 파티가 상당히 특이한 조합이라고 생각하였다.

'NPC한 명, NPC처럼 보이지만 사실은 유저인 사람 한 명

그리고 둘 다 NPC인 줄 아는 진짜 유저 한 명…….'

이제까지 수년간 카일란을 플레이해 온 이안으로서도 이런 가운데서 퀘스트를 진행하는 것은 색다를 수밖에 없는 특이한 경험인 것.

하지만 이안의 이러한 상념은 길게 이어질 수 없었다.

제단을 발견하자마자 가장 먼저 이 앞으로 뛰어왔던 아루루가 천천히 입을 열기 시작했으니 말이었다.

"태고의 요람이 어쩌다 이렇게……?"

아루루의 입에서 나온 흥미로운 단어를 캐치한 이안은 타이밍을 놓치지 않고 재빨리 물어보았다.

"태고의 요람?"

그에 아루루가 고개를 끄덕이며 대답하였다.

"그래, 태고의 요람."

"뭔가 중요한 역할을 하던 제단인가 보네?"

아루루의 표정은 이야기를 이어 나가며 점점 더 어두워졌다.

'기억의 조각'을 일부 찾았기 때문인지, 그녀의 입에서는 새로운 정보가 흘러나오고 있었다.

"물론이야. 태고의 요람은 무한한 생명력이 잉태되는 곳……."

말을 하면서도 아루루의 시선은 불길 안에 갇혀 있는 제단에 그대로 고정되어 있었다.

"그리고 모든 '요정'들이 태어나는 곳이기도 해."

그녀의 말이 끝난 순간.

띠링-!

　-'아루루'의 기억을 공유받습니다.

이안과 아토즈의 시야가 까맣게 물들기 시작하였다.

　요정족은 인간과 다르게 이성간의 교미를 통해 자손을 이어 가는 종족이 아니었다.

　요정족을 잉태하고 탄생시킬 수 있는 것은 오로지 '자연'뿐.

　하여 요정들은 그들이 태어나는 그 완전무결한 자연의 결정체를, 그들은 '태고의 요람'이라고 불렀다.

　그래서 요정은 오로지 완전무결에 가까운 정순한 자연의 힘이 깃든 곳에서만 살아갈 수 있는 종족이었다.

　'베리타스'의 고서에 따르면 '요정'이라는 종족은 다음과 같이 묘사되어 있었다.

　모든 요정은 자연 그 자체와 다름없다.

　그 어떤 생명체보다도 자연 그 자체에 가장 가까운 존재가 바로 요정이다.

하지만 재밌는 것은 이러한 요정에게도 감정이 존재한다
는 것이었다.

다만 요정이 인간과 비슷한 모습을 하고 태어나는 이유는 인
간들과 비슷한 '영혼'과 '감정'을 갖기 때문이다.
그렇기에 요정은 서로를 사랑할 수 있고, 인간처럼 아이도
낳을 수 있다.

다시 말해 요정은 인간처럼 감정을 갖고 있으니 서로 '사
랑'을 할 수 있는 데다가 심지어 그들의 '아이'를 가질 수 있
다는 말.
아이는 가질 수 있으나 태어나는 존재가 요정이 아니라니.
그렇다면 대체 요정들 사이에서 태어난 아이는 어떤 존재
일까?

하지만 그들 사이에서 태어난 아이는 더 이상 요정이 아니다.
······중략······
그들은 보통 엘프(Elf)라는 이름으로 불린다.

'요정'이라는 존재는 오로지 자연의 안에서 잉태된 존재들

만을 의미하며 그 때문에 그들 사이에서 태어난 존재는 요정의 핏줄을 가지고 있되 요정이 아니다.

이것이 바로 '엘프'라는 종족이 탄생하게 된 비화(秘話)이기도 하였다.

'재미있네. 요정과 엘프가 그렇게 구분되는 것이었다니.'

아루루의 기억을 공유받으며 카일란에 이러한 설정이 있다는 것을 처음 알게 된 이안은 무척이나 흥미진진한 표정으로 영상을 집중해서 감상하고 있었다.

요정이라는 종족의 스토리부터 시작해서 라세니아 왕국에 대한 내용까지.

어느 것 하나 흥미롭지 않은 부분이 없었으니 말이다.

'그럼 지금 불에 담긴 대지 안에서 불타고 있는 이 거대한 제단이…… 과거에 요정들의 거점이나 다름없는 곳이었다는 얘기네.'

그리고 이런 대략적인 배경에 대한 스토리가 끝나자 본격적으로 이곳 '불타는 제단'과 관련된 스토리가 시작되었다.

이것은 어쩌면 '아루루의 기억'이라기보다는 이곳 '태고의 요람'이 담고 있는 기억인 것 같았다.

─이럴 수가……! 태고의 요람이 불에 타다니……!

─왕이시여, 이제는 어서 피하셔야 합니다!

─이곳은 우리 요정들의 어머니와 다름없는 곳. 어찌 자

식이 어미를 버리고 떠날 수 있단 말이냐!

　－하지만……!

　태고의 요람은 영원하며 소멸할 수 없다.

　완전무결한 자연의 힘으로 만들어져 무한한 생명력을 잉
태해 내는 곳이기 때문이다.

　그래서 원래대로라면 태고의 요람이 불에 타는 것도 불가
능했다.

　불길 또한 결국 자연의 힘. 그것이 자연 그 자체와 다름없
는 태고의 요람을 태울 수 없는 것은 당연했으니까.

　하지만 결국 태고의 요람은 불길로 휩싸였다.

　그리고 이렇게 될 수 있었던 이유는 이 불길이 평범한 자
연의 불길이 아니기 때문이었다.

　－키리에…… 그녀가 영원한 용의 저주를 이렇게 써먹을
줄은 몰랐군.

　－차후를 기약하시지요, 폐하.

　－이 영원의 화염을 제압하려면, 방법은 키리에를 소멸
시키는 것뿐이겠지?

　－그렇습니다, 폐하.

　키리에가 '태양의 용신 라그루트'로부터 받은 영원한 용의

저주는 영원히 그녀의 몸을 화염으로 불태우는 저주였다.

이 화염은 대상의 생명력이 강할수록 더 크게 활활 타오르지만, 반대로 생명력이 꺼져 갈수록 화력이 약해지는 특징을 가지고 있었는데…….

그 때문에 생명체가 아닌 대상에게는 불이 붙지 않는다.

생명을 장작 삼아 불타는 화염인 것이다.

'키리에가 자신의 몸에 붙은 불꽃을 태고의 요람에 옮겨 붙인 것이로군.'

때문에 태고의 요람이야말로 이 영원의 불꽃이 옮겨 붙기에 가장 알맞은 대상이었다.

태고의 요람은 무한한 생명력을 가지고 있었으니까.

생명력이 꺼지지 않는 한 영원히 불타오르는 저주의 불꽃.

그래서 태고의 요람에 붙은 불꽃을 끄는 방법은 단 한 가지뿐이었다.

아무리 불타 없어져도 태고의 요람이 가진 생명력은 무한하다 보니, '영원한 용의 저주'를 가지고 있는 키리에를 죽이는 것만이 불을 끄는 방법이 된 것이다.

그래서 라세니아의 여왕 아리아는 참담한 마음으로 결국 결정을 내릴 수밖에 없었다.

―라세니아의 자녀들이여. 우리는 그저 잠시 이곳 요정의 숲을 떠나는 것이다. 언제고 이 저주의 원흉을 처단한

후에 우리는 다시 이곳으로 돌아올지어다.

요람에 영원의 불꽃이 타오르는 한 요정들은 더 이상 요정의 숲에서 살아갈 수 없었다.

그래서 그들은 결국 수천 년 넘도록 지켜온 자신들의 터전을 떠날 수밖에 없었다.

그리고 그 내용을 끝으로, 영상은 마무리되었다.

우우웅―!

–'아루루의 기억' 공유가 종료되었습니다.

–'불타는 제단'에 숨겨진 비화를 알게 되었습니다.

–새로운 신화 퀘스트 〈생명의 수호자〉가 발동됩니다.

–퀘스트를 클리어할 시 〈생명의 수호자〉 신화를 획득할 수 있습니다.

영상이 끝나고 떠오르는 메시지들을 확인한 이안은 살짝 놀란 표정이 되었다.

'새로운 신화 퀘스트라고……?'

지금까지 이안이 온전히 얻은 신화 등급 퀘스트는 처음 '다르킨'을 구해 주고 얻은 퀘스트 하나뿐.

신화를 얻을 때 신력이 가장 많이 증가하기 때문에 신화는 무척이나 중요했고.

그래서 이안은 곧바로 신화 퀘스트를 확인해 보았다.

신화를 얻을 수 있는 퀘스트라면 지금 진행 중인 서사 퀘스트만큼이나 중요했으니까.

'퀘스트가 꼬이면 좀 곤란한데…….'

하지만 다행히도 새로운 신화 퀘스트의 클리어 조건은 무척이나 심플하였다.

-'태고의 요람'을 불태우는 '영원의 불꽃'을 소멸시킬 시 퀘스트가 완료됩니다.

어차피 이 아루루의 기억 퀘스트를 전부 마치는 과정에서 필연적으로 해야 하는 퀘스트였던 것이다.

'좋아, 그럼 이 신화 퀘는 거의 덤이나 다름없는 셈이고…….'

그리고 이안이 이런 생각을 하고 있던 그때.

멍한 표정이던 아루루가 작은 목소리로 중얼거리기 시작하였다.

"결국 이 요정의 숲이 불타고 라세니아가 터전을 잃게 됐던 것도……. 다크엘프 키리에 때문이었구나."

그런데 그 목소리를 들은 이안은 문득 의문점이 하나 생겼다.

"아루루, 너 방금 '다크엘프'라고 했지?"

"응. 그랬지."

"요정들 사이에서 태어난 생명체가 '엘프' 종족이라는 것은 알겠는데, 그럼 '다크엘프'라는 종족은 어떻게 생겨난 거야?"

이안의 질문에 아루루는 순간 멈칫하였다.

하지만 그녀가 멈칫한 이유가 대답하기 곤란한 질문이기 때문은 아니었다.

그저 이안의 이 질문에 대한 답을 그녀조차 모르기 때문이었다.

"그, 그러게……? 다크엘프는 어떻게 생겨난 종족인 거지……?"

그리고 그녀의 대답을 들은 이안의 두 눈이 날카롭게 빛나기 시작하였다.

이 '다크엘프'라는 종족에 대해서 좀 더 구체적으로 알 수 있게 된다면 이 퀘스트의 끝이 보일 것 같았으니 말이다.

'다크엘프가 어떤 종족인지 알게 되면 키리에가 왜 라세니아를 적대하는지도 알 수 있겠지. 라세니아를 요정의 숲에서 몰아내고 뭘 얻고자 하는 건지도 알 수 있을 테고…….'

그런데 이안이 그러한 생각을 머릿속에 떠올리고 있던 그때.

띠링-!

두 종류의 시스템 메시지가 거의 동시에 그의 눈앞에 떠올랐다.

그중 하나는 이안의 퀘스트와 관련된 것이었으며…….

–'버려진 요정의 비밀 II' 퀘스트의 서브 퀘스트가 발동합니다.
–'용살자 키리에 추격' 퀘스트가 발생하였습니다.
–퀘스트 클리어 시 나머지 기억의 조각들을 전부 획득할 수 있습니다.

나머지 하나는 이안의 신도인 아토즈가 물어 온 퀘스트와
관련된 것이었다.

–불타는 제단에 도착하여 '요정들의 왕국, 라세니아의 비밀(히든)' 퀘
스트의 정보가 오픈됩니다.

다음 권으로 이어집니다

가휼 판타지 장편소설

전능하신 영주님

「아저씨 식당」 가휼 작가의 신작
이보다 더 완벽한 지도자는 없었다!

하루하루가 벅찬 인턴, 유성
별똥별을 보며 기도 한번 했더니
바르테온령의 적장자로 깨어나다!

귓가에 울리는 시스템 메시지
선대의 안배로 한 방에 소드 마스터?!

썩어 빠진 행정부 숙청부터
오랜 숙적과의 피 튀기는 전쟁에
드워프와의 역사적인 교역까지……

상상하는 모든 것을 이루어 주는
전능하신 영주님이 등장했다!

암살자였던 군주

김기세 판타지 장편소설

**죽음의 신에 의해 세상이 어지러울 때
암살자가 소리 없이 다가와 구원하리라!**

가족을 잃고 왕국 변방에서 평범하게 살아가던
전설의 특급 살수 가브

동생이 생존해 있음을 알고 찾으러 떠나지만
그의 앞에 펼쳐진 것은
누구든 구울이 되어 버리는 흑마법의 세상!

세상을 집어삼키는 것이 마신의 계획임을 깨달은 가브는
대항할 힘을 갖추기 위해 나라를 세우고
군주의 길을 걷기로 결심하는데……!

**군주가 된 암살자는 신도 살해한다!
마음 한편이 서늘해질 다크 판타지가 시작된다!**